황제의 명상록

로마제국 5현제의 마지막 황제 아우렐리우스!

마르쿠스
아우렐리우스

마르쿠스 아우렐리우스 지음

강영희 옮김

황제의 명상록

브라운힐
BrownHillPub

■ 명상록[瞑想錄]에 대하여

명상록은 마르쿠스 아우렐리우스의 저서로 원어로는 Ton eis heauton diblia라고 한다. 로마시대 스토아의 학도로서 로마 황제의 지위에 오른 마르쿠스 아우렐리우스는 원래 노예였던 스토아의 철인 에픽테토스의 훈계를 명심하여 마음속까지 황제가 되지 않도록 항시 자신을 돌아보고, 로마에 있을 때나 게르만족을 치기 위해 진영에 나가 있을 때, 자계(自戒)의 말을 그리스어로 꾸준히 기록하였다. 여기에는, 일체의 것이 끊임없이 생생유전(生生流轉)하고, 인생도 과객(過客)의 일시적 체재에 불과하여 우리를 지키고 인도하는 것은 오직 철학일 뿐, 그 철학이 인도하는 대로 자연의 본성에 알맞은 생활을 하는 것이 최선의 길이며 우리를 구제하는 길이라는 그의 신념을 역력하게 나타내었다.

마르쿠스 아우렐리우스(Marcus Aurelius Antoninus, 121.4.26~180.3.17)는 한자명으로 안돈(安敦)이라 하며 121년 로마에서 출생하였다. 5현제(賢帝)의 마지막 황제로, 후기 스토아파(派)의 철학자이다. 안토니누스 피우스 황제의 양자가 된 후 140년 로마의 콘술(집정관)이 되었고, 145년 안토니누스의 딸(사촌누이)과 결혼, 161년 안토니누스의 뒤를 이어 로마 황제로 즉위하였다.

당시의 로마제국은 경제적·군사적으로 어려운 시기여서 변방에는 외적의 침입이 잦았으며, 특히 도나우강(江) 쪽에서는 마르코만니족 및 쿠아디족이 자주 침입하여 그 방비에 힘썼다. 그동안 페스트가 유행하여 제국은 피폐하고, 게르만족과의 전쟁에 시달리면서 발칸 북방의 시리아 및 이집트 등의 진영(陣營)에서 병을 얻어 도나우 강변의 진중에서 죽었다.

유명한 《명상록(冥想錄)》은 이 진중에서 쓴 것으로 스토아적 철인의 정관(靜觀)과 황제의 격무라는 모순에 고민하는 인간의 애조(哀調)가 담겨 있다. 여기서 그의 철학은 본질적으로는 반세기 전의 스토아 철학자 에픽테토스의 영향을 받은 것으로 볼 수 있으나, 한층 내면적으로 침잠해 들어오는 철학을 이루고 있다. 이에 따르면 세계의 모든 것은 불이며, 신적(神的)인 세계영혼으로 관통되고 살려지게 되고 지배받고 있으며, 인간의 영혼도 세계영혼의 한 유출물에 불과하여 죽으면 자연히 세계영혼에 귀일하게 된다.

물질적·육체적인 세계의 모든 것은 이 신적인 이성에 의하여 운명적·자연필연적으로, 그러면서도 신적·합법칙적으로 끊임없이 생멸변화(生滅變化)하고 있다. 따라서 개물(個物)·개인(個人)은 그 이름도 기억도 이 필연의 운동 속에서 소멸되고, 망각으로 빠져 들어간다.

그러므로 사람들은 이 자연필연의 이법(理法)을 확인하여 이를 신의 섭리라 믿고, 외적인 어느 것에도 마음을 괴롭히는 일이 없이 주어진 운명을 감수하며, 내적으로 자유롭고 명랑하고 조용하고 경건하게 그의 죽음의 날을 기다리며 살아가야 한다고 하였다. 이렇게 마르쿠스 아우렐리우스에게 있어서는 철학자와 황제는 전혀 별개의 것이었다. 그가 죽은 후 로마제국은 쇠퇴하였다. 로마시에는 '마르코만니전쟁'을 부조(浮彫)한 기념주(記念柱)와 그의 기마상(騎馬像)이 있다.

스토아학파[Stoicism]에 대하여

스토아학파는 키프로스의 제논이 스토아 포이킬레에 창설한 철학의 한 유파로 BC 3세기부터 로마 제정(帝政) 말에 이르는 후기 고대(古代)를 대표하는 학파이다. 키프로스섬 태생의 개조(開祖) 제논과 그 제자로서 적빈(赤貧)과 노동으로 이름 높던 소아시아의 아소스인(人) 클레안테스, 그 제자로서 스토아파의 학설을 체계적으로 완성한 킬리키아의 항구 도시 솔로이(솔리)의 크리시포스, 스토아 학설을 로마 사람에게 받아들이기 쉬운 형태로 만든 로도스섬의 파나이티오스, 종교적 경향이 강한 오론테스강 하반(河畔)의 아파메아인 포세이도니오스, 로마황제 네로의 스승이었던 세네카, 노예였던 에픽테토스, 로마황제 마르쿠스 아우렐리우스가 이 파의 주요 인물들이다.

제논이 아테네의 광장에 있던 공회당 '채색주랑(彩色柱廊)'에서 제자들을 가르쳤기 때문에 그 제자들을 '스토아파'(柱廊의 사람들이라는 뜻)라고 불렀다. 스토아파 철학은 이를 대표하는 사람들이 그렇듯이 고전기(古典期) 그리스를 대표하는 여러 나라의 좋은 가문 출신 사람들의 철학이 아니라, 변경(邊境) 사람이나 이국인의 철학이었으며, 그리스 문물이 좁은 도시국가의 틀을 넘어서 널리 지중해(地中海) 연안의 여러 지방에 미친 헬레니즘 시대를 대표하는 철학이었다. 그러므로 전통적인 철학의 여러 파와 스토아파 사이의 대립은 격렬하였다.

고전기까지의 철학의 여러 학설을 수용하여 일반화·통속화한 점에서 절충주의라는 비난을 받지만, 그 기반에는 고전 철학과는 아주 이질적인 것이 있다고 생각된다. 단지 로마시대 사람들의 저작을 제외하고는 스토아파의 저작은 오늘날 거의 전해지지 않아서 연구상 어려움이 있다.

애지(愛知:철학)는 논리 부문과 윤리 부문, 자연 부문으로 나뉘나, 이들은 각각 독립된 분파가 아니라 서로 나누기 어렵게 결합되어 있어 하나의 지혜를 사랑하고 구하는 애지를 구성하는 3요소가 된다.

지혜는 '신의 일과 사람의 일에 관한 지식'이라고 정의되지만, 이것은 사물에 관한 관조적(觀照的) 지식이 아니라, 인간생활에서의 모든 것을 올바르게 처리하기 위한 실천적 지식이다. 지혜의 이러한 실천적 성격에 스토아파의 특징이 있으며, 이 원리에 바탕을 두어 스토아철학은 고대철학원리의 주체적인 반성철학이 되었다.

애지(愛知)는 이러한 지혜를 습득하기 위한 '삶의 기술(ars vivendi)'의 연습이며, 이러한 재주를 갖는 사람이 현자(賢者)인 것이다. 그리고 현자의 지혜란 '자연에 따라 사는 것'을 아는 지혜이다. 인간은 자연에 의하여 존재할 수밖에 없는 것이므로, 자기의 존재를 유지하기 위한 '자연의 충동'이 부여되었다. 그러나 그것이 지나칠 때 병으로서의 정념(情念)이 있다. 이 정념에 흔들리지 않고 자연 그대로 살아가는 데에 '활달한 삶의 흐름'이 있다. 스토아파의 현자의 이상은 바로 거기에 있다. 스토익이라고 불리는 비정한 금욕주의적 심정은 그 결과로 나타나는 것이다. 그러나 현자의 유덕한 삶이란 이성을 갖춘 유한한 개개의 자연물(인간)이 자연에 의하여 부여된 그대로의 자기의 '운명'을 알고, 운명대로 살아감으로써 본원(本源)인 자연과 일치하는 '동의(同意)'의 삶이다. 따라서 그것은 자연 그 자체가 이성적 존재자를 통하여 이루어지는 자기귀환(自己歸還)에의 활동이기도 하다. 그러므로 현자는 모든 자연물의 근원인 자연 그 자체로서의 신과 일치한 자이며 신과 같은 자, 바로 신 그것인 것이다.

스토아 철학의 특징은, 이와 같은 자연존재에서의 개별성(個別性)과 전체성(全體性)의 두 계기의 강조와 양자의 긴장 관계에 있으며, 이것에 의하여 스토아 철학은 고대철학 원리의 집성인 동시에 다음 시대의 철학원리를 준비하는 것이 되었다. 언어연구 ·논리학 ·인식론에서도 구체성과 개별성을 중요시하는 스토아 철학은 전통철학에 없었던 새로운 요소를 많이 초래하였다.

■ 차 례

1

배움에 대하여

1 나는 할아버지 베루스(Verus 안토니누스 베루스, 로마 총독·집정관·원로원 의원을 지냄)에게서 예절바른 행실과 격한 감정을 억제하는 법을 배웠다.

2 아버지에 대한 숱한 명성과 추억에서 나는 겸양과 강인한 기질을 배웠다.

3 내 어머니(도미티아 루키라, 카르위시우스 투루스의 딸)는 남을 이해하는 넓은 도량을 가진 분이었다. 조용한 품성을 가지신 어머니는 언제나 잔인한 말과 행동을 경계하셨는데, 사악한 행위뿐 아니라 그런 언행을 불러일으키는 악한 마음조차도 삼가셨다. 나는 그런 어머니에게서 부자들의 습성과는 거리가 먼 검약하는 생활 태도를 익혔다.

4 내 증조부(카틸리우스 세웨루스, 로마총독·집정관)는 내게 공립학교에 다니는 대신 훌륭한 교사를 집으로 초빙하여 배우도록 충고하셨고, 아울러 올바른 교육을 위해서는 돈을 아끼지 말아야 한다고 덧붙이셨다.

5 내 스승은 경기장에서 어느 한 편만을 일방적으로 응원하거나 그 일원이 되지 말라고 가르쳤다. 또한 힘든 일을 피하지 말며 헛된 욕망을 줄이고, 원하는 것은 스스로 땀 흘려 성취하되 남의 일에 간섭하지 말며, 남을 비방하는 소리에 귀 기울이지 말라고 가르쳤다.

6 디오게네투스(마르쿠스에게 처음으로 스토아 철학을 일깨워 준 철학자이

자 화가)는 경솔한 일에 몰두하지 말 것, 주술이나 악귀를 쫓는 미신을 믿지 말 것, 닭싸움 따위의 저급한 오락에 매달리지 말 것 등을 충고했다. 그의 충고를 좇아 나는 주위의 선한 언행에 귀 기울였고 철학을 가까이 하게 되었으며, 나중에는 바키우스(Bacchius)와 탄다시스(Tandasis), 마키아누스(Marcianus) 등에게서 가르침을 받게 되었다. 그리하여 나는 어려서부터 말과 생각을 글로 쓰는 법을 익히고 그리스의 철학자들이 행했던 것보다 더 엄격한 자기 수련의 방법을 배웠다.

7 루스티쿠스(Rusticus 마르쿠스의 친구, 마르쿠스에게 법률을 가르쳤으며 스토아학파 철학자)에게서는 마음을 수양하는 법을 배웠는데, 그는 공리공론을 꾸미거나 사변적인 회고록이나 쓰며 잘난 체하는 궤변론자들을 경계하라고 일렀다. 또 인격자인양 자기를 내세우거나 과시를 위한 자선 행위, 혹은 수사학과 언어의 유희를 삼가고 집안에 있을 때는 화려한 의상을 입지 말라고 충고해 주었다. 글을 쓸 때에는 쉬운 문체로 써야 한다고 말했으며, 또한 언쟁을 벌이거나 무례하게 행동하여 사이가 나빠진 사람일지라도 그쪽에서 화해를 청한다면, 즉시 응해줄 수 있는 너그러운 기풍을 가지라고 말했다. 아울러 독서를 할 때는 피상적인 이해에 만족하지 말고 내용을 정확하게 읽을 것, 말 잘하는 사람에게 쉽게 설득 당하지 않도록 경계할 것 등을 배웠다. 그는 또 자신이 아끼던 장서 에피테토스(Epictetus)의 논설문 〈인생 강의〉를 내게 선물하여 기쁨을 안겨 주었다.

8 나는 아폴로니우스(Apollonius, 마르쿠스의 철학교사이자 스토아학파 철학자)에게서 의지와 확고한 결심의 진정한 가치를 배웠으며, 냉철한

의지 외에는 그 어떠한 것에도 의지하지 말아야 함을 깨달았다. 그는 불치병, 자식의 죽음 등 견디기 힘든 시련과 역경 속에서도 이성을 잃지 말아야 한다는 점을 역설했다. 또한 가장 격정적인 힘과 온전히 휴식할 수 있는 능력이 양립할 수 있음을 몸소 보여주었다. 그는 철학상의 여러 원리를 해석함에 있어 자신의 경험과 학식은 사소한 가치밖에 되지 않음을 명확하게 자각하고 있는 사람이었다.

9 섹스투스(Sextus, 마르쿠스의 철학교사이자 카이로네이아의 스토아학파 철학자)에게서는 사랑과 위엄으로 가정을 다스리는 법과 자연에 순응하며 사는 법, 자신을 다스리는 엄격함, 동료들에 대한 애정 어린 관심, 무지하고 무분별한 사고방식을 가진 이들에게 너그러운 관용을 베푸는 법 등을 배웠다. 섹스투스는 누구와도 쉽게 융화하는 성격으로 주위 사람들에게 늘 두터운 존경을 받았다. 그는 또 실생활에 필요한 처세술을 터득하여 그것을 조직적인 형식과 질서에 맞추는 재능도 두루 갖추었다. 그는 분노를 비롯해 어떠한 감정의 동요도 얼굴에 나타내지 않았으며 항상 평온한 마음을 유지하고 모든 감정에서 초월해 있으면서도 매우 다정다감했다. 누군가를 칭찬할 때에는 과장이 없었으며 단 한번도 자신의 해박한 지식을 과시하는 일이 없는 고매한 인격의 소유자였다.

10 문법학자 알렉산더(Alexander, 그리스인으로 호머의 주해서를 씀)에게서는 남을 헐뜯는 행위는 그릇된 것임을 배웠다. 그는 누군가 비속어나 문법에 어긋난 문장을 사용할 때도 그것을 비난하거나 헐뜯지 말고 올바른 표현 방법을 암시하되, 그 방법은 직접적인 말

이 아닌 그 사실에 관한 질문이나 답변 형식으로 해야 한다고
했다.

11 나는 프론토(Fronto)*를 통해 시기심이나 이중심리, 그리고 위
     선 등이 폭군의 일반적인 특징임을 알게 되었으며, 대체로 귀족
     가문 출신들은 따뜻한 인간미가 결여되기 쉽다는 것도 알았다.

     *마르쿠스 코르넬리우스 프론토(Marcus Cornelius Fronto): 마르쿠스의 수사학 교사.
     카토, 키케로 등과 대등하게 취급되었으며 문학상 순수 어휘를 쓰는 키케로의 순
     수주의에 반대하여 일상어나 고시(古詩)를 다루어 새로운 표현 방법을 연구하였다.

12 플라톤학파의 알렉산더(마르쿠스의 희랍인 비서)는 내게 여러 면에
     서 모범이 되었다. 그는 시간이 없다는 말을 자주 하거나 쓸데없
     이 일 핑계를 대어 주위 친지들에 대한 의무를 저버리거나 우정
     과 인간관계를 등한시하는 오류를 범해서는 안 된다고 역설했다.

13 나는 스토아학파인 카툴루스(Catulus)로부터 친구의 과실을 발견
     했을 때 무심히 내버려 두지 말고 그 본래의 성품으로 돌아갈 수
     있도록 도와줄 것과, 늘 스승을 존경하고 자녀들에게 진실한 사
     랑을 베풀 것 등을 배웠다.

14 나의 형제 세베루스(Severus)*에게는 친척을 사랑하고 진리와 정
     의를 실천할 것을 배웠다. 세베루스는 모든 사람에게는 똑같은
     법이 존재한다는 것, 즉 평등의 권리와 언론의 자유에 기초한 국
     가관을 가르쳤으며 통치자는 국민의 권익 옹호를 최대 관심사로
     삼아야 한다는 것도 일깨워 주었다. 또한 철학에 대한 일관된 입
     장과 선행을 베푸는 것의 중요성을 배웠다. 모든 일에 명료한 그

는 자신이 못마땅하게 여기는 사람에게도 일부러 감정을 숨기지 않았다. 그래서 친구들은 그에 대해 구구한 억측을 품을 필요조차 없었다.

*클라우디우스 세베루스(Claudius Severus): 마르쿠스에게는 형제가 없다. 그럼에도 그를 형제라고 부른 것은, 세베루스의 아들과 마르쿠스의 딸 파디라가 결혼했기 때문인 것 같다.

15 막시무스(Maximus)*는 자제력이 뛰어난 사람으로 어떠한 경우에도 확고부동한 목표를 흩뜨리는 법이 없었다. 그는 몸이 아프거나 혹은 그 밖의 시련 속에서도 항상 밝은 표정을 지었고, 자신의 의지대로 말하고 옳다고 판단한 것을 묵묵히 실천하는 모습을 보여 주었다. 그는 다른 사람에게 악의를 품거나 범하는 일이 없었고 놀라거나 두려움을 겉으로 드러내는 법이 없으며, 당황하거나 실망하지도 않았다. 또 거짓 웃음으로 고통을 포장하는 일도 없었고 미심쩍은 일을 한 적도 없었으며, 자비와 덕행과 용서에 인색하지 않았고 모든 거짓에서 자유로웠다. 그러한 성품은 그가 수양을 쌓아서라기보다 그 자신이 정의 자체로 태어났기 때문이라고 생각될 정도였다.

*크라우디우스 막시무스: 스토아학파의 철학자로 마르쿠스의 총애를 받았으며 집정관을 지냈다. 판노니아의 부총독, 아프리카 지방의 총독을 역임했다.

16 온화한 성품의 아버지*는 매사를 심사숙고하고 한번 결정한 일은 단호하게 실행에 옮기는 불굴의 의지를 지닌 분이었다. 그는 노동을 사랑하고 명예 따위는 구하지 않았으며, 국가의 이익을 도모하고 남자로서의 욕망을 억제하고 인내할 것을 가르쳤다. 또한 상벌을 가함에 있어 그 공과에 따라 공정할 것과 상황에 따라

준엄할 것인지 관용을 베풀어야 하는지 그 판단 기준으로 경험이 소중하다는 것을 충고해 주었다.

아버지는 단 한번도 자신이 다른 사람보다 우월하다고 생각하지 않았다. 그는 신하들에게도 식사 때나 멀리 출타할 때 갖추어야 할 절차의 번거로움을 면제해 주고, 설사 그것을 소홀히 한다고 해도 늘 변함없이 관대했다. 아버지는 친구들과 오래 사귀고 또 그들을 보호했으며 싫증을 내거나 지나치게 애정을 남발하는 일이 없었다. 어떠한 경우에도 쾌활하게 행동하고 모든 일은 미리 살펴 사소한 일이라도 빈틈없이 처리했으며, 세속적인 갈채나 아첨 따위에 흔들리지 않았다. 또한 대중 연설, 법률, 윤리학 등에 탁월한 재능을 지닌 인재들을 발굴하는 데 힘썼고 그들에게 각자의 분야에서 명성을 얻을 기회를 주고자 노력했다.

또한 아버지는 국가 통치에 필요한 모든 일에 주의를 기울여 좋은 관리자가 되도록 힘썼으며, 정당한 행위로 인해 쏟아지는 비난에 대해서는 강인한 인내로 맞섰다. 그는 신(神)을 맹목적으로 신봉하지 않았으며 공연한 선심을 베풀어 민중의 환심을 사지 않았고, 국민들을 위하는 척하면서 농락하는 일이 없었으며 만사에 냉철함과 성실함으로 임했으므로 누구 앞에서나 당당했다. 반면 삶을 윤택하게 할 수 있는 행운이 주어지면 주저 없이 그 방법들을 선택했다. 새로운 것을 얻게 되었을 때에는 어린아이처럼 천진난만하게 그 즐거움을 누렸으며, 그렇지 못할 때에도 자유로움을 느꼈다. 따라서 그 누구도 그런 그를 궤변론자나 뿌리 없는 이상론자라고 비난할 수 없었다. 오히려 원숙하고 완성된 인격의 소유자로서 세상의 어떤 일도 성실하게 관리할 수 있는 사람이라고 인정했다. 그는 올곧은 철학자는 존경하는 반면 위선적인 철학자들은 가차 없이 비난했다.

아버지는 건강에 많은 신경을 썼지만 그렇다고 해서 남달리 오래 사는 것에 연연하지는 않았으며, 외모에 대해서도 특별히 신경 쓰지 않았다. 또한 누구보다도 건강했기에 특별히 의사의 진료를 받을 필요가 없었다.

아버지에게는 비밀이 별로 없었다. 설혹 있다 해도 그것은 극히 드문 일로, 오직 국가의 안녕에 관한 것뿐이었다. 전시회나 관공서의 건축, 구호품 분배 따위의 행사를 주관할 때에도 항상 신중을 기했으며 그런 행사 뒤에 따르는 갈채나 영광에는 관심이 없었다. 또 정해진 시간 외에 목욕을 하는 일이 없었고, 화려한 저택을 짓는 일이나 먹는 음식, 입는 옷, 심지어 시중드는 여종의 미모에 대해서도 크게 관심을 두지 않았다. 그는 어떤 일을 행하거나 구상하더라도 늘 충분한 시간을 두고 임했기 때문에 모든 일을 견실하고 질서 정연하게 처리할 수 있었다.

"많은 것을 소유하지 못하면 불안해하고 많은 것을 소유하면 오만해지는 세상 사람들과 달리, 소유했을 때는 적절히 이용하고 그렇지 못할 때는 절제할 줄 아는 능력을 지녔다." 이 말은 소크라테스의 기록에 있는 것으로 그에게 꼭 들어맞는다. 자신의 의지력으로 절제와 향락을 다스릴 수 있다는 것은 그만큼 그의 영혼이 건강하다는 것을 입증하는 것이리라.

*여기서의 아버지는 친아버지인 P.안토니누스 베루스를 가리키는 것이 아니라, 양아버지인 안토니누스 피우스(Antoninus Pius) 황제(재위, 138~161)를 뜻한다.

17 나는 훌륭한 조부와 부모, 위대한 스승, 선량한 형제, 좋은 벗들이 있는 것에 대해 신에게 감사한다. 이들과 반목할 수 있는 기질을 지녔음에도 누구와도 평화롭게 지낼 수 있었던 것은 순전히 신의 은총을 입은 덕택이다. 또한 나는 한때 할아버지의 후처들

손에서 자랐는데, 그 기간이 짧게 끝나고 별다른 어려움 없이 성장할 수 있었던 것도 역시 신의 도움이다.

더불어 감사하고 싶은 것은 하나밖에 없는 내 형제가 늘 곁에서 나를 각성시켜 주었으며 따뜻한 애정과 사랑으로 내 가슴에 온기를 불어넣어 주었다는 점이다.

내가 수사학이나 시, 기타 다른 학문에 깊이 빠져들지 않았던 것 또한 신의 은총이다. 만일 그러한 것들에 대한 연구가 쉽다고 느끼고 거기에 몰두했다면 많은 시간과 정열을 허비해야 했을 것이다.

나는 내 스승들의 높고 낮음을 나이가 아닌 능력을 기준으로 정했는데, 그렇게 하도록 지도해 준 것 역시 신이다. 내가 아폴로니우스, 루스티쿠스, 막시무스 등과 사귈 수 있었던 것도 '자연스런 삶'의 참된 의미를 알게 된 것도 모두가 신의 은총이다. 신의 은총과 도움이 없었더라면 나는 오늘날의 이 '자연스런 삶'에 도달할 수 없었을 것이다.

또한 내가 이렇게 오래 살 수 있었던 것도 신에게 감사해야 할 일이다. 그리고 베네딕타(Benedicta, 하드리아누스 황제의 첩)나 테오도투스(Theodotus)와 별다른 연정에 연루되지 않은 것 역시 신의 은총이다. 루스티쿠스와는 자주 언쟁을 벌였지만 가슴에 회한이 남을 정도로 실수를 한 적은 없었다. 어머니(도미티아 루키라, 156년에 50세로 세상을 떠남)가 일찍 돌아가신 것도 불행한 일이지만, 돌아가시기 전 몇 년을 나와 함께 지낼 수 있도록 허락해 주신 것 역시 크게 감사한 일이다.

도움을 청하는 이들을 바로 도울 수 있는 능력이 내게 있었다는 점, 남에게 도움을 청할 필요가 없었던 점에 대해서도 늘 감사한다. 유순하고, 이해심 많고, 소박한 성격의 여자를 아내(파우스

타나)로 맞게 해 준 것에 대해서도 감사드린다. 또한 자식들(3남 3~4녀, 두 아들은 요절하고 코모두스가 뒤를 이음)을 훈육할 훌륭한 스승을 만나게 해 준 일, 내가 아팠을 때 꿈속에서 그 치료법을 일러 주었던 일에 대해서도 감사 기도를 빠뜨릴 수 없다.

마지막으로 내가 철학에 심취해 있으면서도 궤변론에 흔들리지 않았다는 것, 논리학과 법학과 자연과학 등의 탐구에 많은 시간을 허비하지 않게 해 주신 점에 대해서도 감사드린다. 이런 모든 축복은 하늘과 운명의 도움 없이는 불가능하기 때문이다.

그라누아 강기슭, 콰디족의 마을*에서 씀.

*그라누아 강은 다뉴브 강의 지류로, 콰디인들은 그라누아 강의 서방(체크슬로바키아)에 살고 있던 게르만 민족의 일부였다. 마르쿠스는 그들의 침입을 막기 위해 이곳에 원정와서 이를 기록하였다.

2

인생에 대하여

1 아침에 눈을 뜨면 먼저 자신에게 이렇게 말하라.

"오늘 나는 침착하지 못한 자, 배은망덕한 자, 사기 치는 자, 오만불손한 자, 제 이익에만 눈먼 자들과 만나게 될 것이다."

그들의 그런 행동은 모두 선과 악에 대한 무지에서 비롯된 것이다. 그러나 나는 선의 고귀함과 악의 비굴함 양면을 모두 보고 있으며, 악인들의 일반적인 본성 또한 알고 있다.

우리와 똑같이 이성과 신성을 부여받았다는 점에서 보면 악인들 역시 나의 형제이다. 때문에 나는 그들에게 분노할 수 없으며 싸울 수도 없다. 왜냐하면 우리는 마치 양손이나 양발, 위아래 눈썹이나 위아래 치아처럼, 태어나면서부터 서로 공존하고 있기 때문이다. 그러므로 서로 경계하고 증오한다는 것은 자연의 순리에 어긋나는 것이며, 분노와 질시는 서로에게 해가 될 뿐이다.

2 '나'는 누구인가? 그것은 다만 보잘 것 없는 살덩어리와 한줄기 호흡, 그리고 이것들을 지배하는 이성, 그것이 나의 정체이다. 지금 읽고 있는 책은 던져 버려라. 더 이상 자신을 속이지 말라. 책은 당신을 구성하는 일부분이 될 수 없다.

죽음을 눈앞에 둔 사람처럼 당신의 육체를 무시하라. 육체를 이루는 피와 뼈와 신경 조직과 혈관을 잊어버려라. 호흡이란 한 가닥 공기에 불과하다. 항상 같은 공기가 아니라 매순간 새로 들이마시고 토해내는 공기일 뿐이다.

인간을 지배하는 것은 이성이다. 이 점을 상기하라. 사리사욕에 이끌려 이성을 노예로 만들지 말라. 꼭두각시처럼 반사회적인 행동에 자신을 옭아매고 조종당해서는 안 된다. 또한 오늘을 불평하고 내일을 한탄함으로써 자신을 운명의 노예로 전락시키지 말라.

3　만물은 신의 섭리로 충만하다. 심지어 운명과 우연의 변화조차
도 자연의 법칙에 해당한다. 우리 주위에서 일어나는 모든 일과
사물에는 반드시 필연이 존재하며, 그것은 우주의 섭리와 연계되
어 있다. 당신 또한 그 우주의 일부분이다. 물론 전체의 자연이
초래하는 것, 그리고 자연을 근간으로 하는 모든 것들은 자연의
각 부분에 있어 유익한 것들이다. 우주는 갖가지 변화로 유지되
며, 이것은 기본 원소의 변화뿐 아니라 그 원소들이 합성되어 이
루는 보다 큰 형체들의 변화도 포함된다.

　이 같은 원리를 충분히 숙지하고 그것을 당신의 원칙으로 삼아
라. 책에 대한 갈망을 버려라. 그리하여 비탄에 빠져 고뇌하는 일
없이 편안하게 신에 대한 감사를 느끼고 기쁘게 죽음을 맞이하라.

4　우리는 오랜 세월 동안 신에게 수없이 많은 은총을 받아 왔다.
다만 그것을 알아차리지 못하고, 이용하지 못했을 뿐이다. 지금이
야말로 당신 안에 있는 우주의 본성과 당신을 조종하는 지배자의
존재를 깨달을 때다.

　또한 당신에게 주어진 시간에 한계가 있음을 기억하라. 그리고
그 시간을 당신의 지혜를 증진시키는 데 활용하라. 그렇지 않으
면 그 시간은 영원히 사라져 다시는 돌아오지 않을 것이다.

5　매 순간 로마인의 한 사람으로서 또한 하나님의 자녀로서 자신
에게 닥쳐올 모든 일을 정확하고 공정하게 그리고 위엄과 사랑으
로 행하겠다는 결심을 새롭게 하라.

　또한 여러 가지 잡념에서 벗어나도록 노력하라. 지금 이 순간을
마치 생의 마지막 순간인 것처럼 행동해야만 모든 잡념에서 해방
될 수 있다. 온갖 위선과 경솔함, 이성의 명령에 대한 감정적인

반항, 자기 과시, 자신의 운명에 대한 불평불만을 떨쳐 버려야만 스스로 위로하고 안정을 되찾을 수 있다.

신들의 경건한 생활처럼 매일매일 고요 속에서 생활하기 위해 명심해야 할 것은 아주 사소한 것들에 불과하다. 신들은 우리에게 그렇게 많은 것을 요구하지 않는다.

6 당신의 영혼을 너무 학대하고 있지 않은가? 그러나 머지않아 당신 자신을 존중할 기회조차 사라지고 말 것이다.

모든 인간의 생명은 영원하지 않으며 그것마저도 끝나가고 있다. 그런데도 당신은 자신을 존중하지 않고 오히려 타인의 영혼에 자신의 행복을 의탁하고 있다.

7 당신은 주위에서 일어나는 온갖 복잡한 일들로 인해 마음이 혼란스러울 것이다. 그렇다면 우선 조용한 사색의 시간을 마련하여 선에 대해 다시 한번 차근차근 생각해 보고, 혼란에 대한 초조감을 불식시켜라. 그리고 또 다른 오류에 대비하라. 왜냐하면 당신은 많은 일을 하느라 이미 지쳐 있기 때문에 그 어떤 노력도, 저항할 목적도 세우지 못할 수 있는데, 이것처럼 어리석은 일은 없기 때문이다.

8 다른 사람이 무슨 생각을 하고 있는가에 대해 무관심하다고 해서 불행해지지는 않는다. 그러나 자신의 마음 속 움직임에 주의를 기울이지 않는 사람은 반드시 불행해진다.

9 항상 이것만은 가슴 속에 간직하고 있어야 한다.

즉, 우주의 본성은 무엇이며, 나의 본성은 무엇인가? 또한 이

둘은 서로 어떤 관계가 있는가? 나는 어떤 것의 일부분이며, 또한 어떤 것의 전체인가?

나는 자연의 일부이며 자연을 좇아 말하고 행동하는 것을 방해할 자는 이 세상에 아무도 없다는 사실을 상기하라.

10 인간의 여러 가지 죄악을 연구한 테오프라스투스(Theophrastus)*는 이렇게 말했다.

"욕망에서 비롯된 죄는 분노로 인해 저질러진 죄보다 더 비난받아야 마땅하다. 왜냐하면 분노로 인한 흥분은 어느 정도의 고통과 양심의 가책을 느끼지만 욕망에서 생겨난 죄는 쾌감에 의해 좌우되는 것으로 훨씬 무절제할 뿐 아니라 나약함에서 온 것이기 때문이다."

이 주장은 경험과 철학이 뒷받침해준다. 이는 고통에 의한 죄는 어떤 부당한 처사에 대해 자신도 모르는 사이 자제력을 잃은 것이고, 쾌락에 따른 죄는 욕망에 대한 일시적인 충동이 악을 행하도록 비극한 것이라는 뜻이다.

*테오프라투스(B.C. 371~287): 소요학파에 속하며 아리스토텔레스의 제자이자 후계자. 《성격론》의 저자.

11 만일 신들이 실제로 존재하지 않거나 존재하되 인간의 일에는 도통 관심이 없다면, 신들도 신의 섭리도 없는 이 생활이 무슨 의미가 있겠는가? 그러나 신들은 분명 존재하고 또 그들은 인간 세계를 다스린다. 또한 인간이 악의 구렁텅이에 빠지지 않도록 온갖 수단과 방법을 부여해 주었다.

그렇다면 인간을 악하게 만드는 것은 무엇인가? 대자연이 이 같은 위험을 간과할 만큼 무지할 리 없으며 혹 그렇다 해도 그것을 예방하고 교정할 능력은 충분할 것이다. 또한 우주가 능력 부족을 이유로 선과 악, 선인과 악인을 대치시키진 않았을 것이다.

분명 생과 사, 명예와 치욕, 부와 빈곤, 쾌락과 고통 등은 선인이나 악인 모두에게 올 수 있는 모든 것들이다. 그러나 이런 것들은 인간을 격상시키지도, 격하시키지도 않는다. 따라서 선도 아니며 악도 아닌 것이다.

12 만물은 얼마나 빨리 소멸하는가? 육체는 우주 속으로 기억은 시간 속으로 순식간에 사라진다. 이렇듯 모든 사물이 생겨나고 사라지는 그 본질은 무엇인가?

쾌락으로 우리를 유혹하는 것들, 고통으로 우리를 위협하는 것들, 허영으로 우리를 혼란스럽게 하는 것들의 본질은 과연 무엇인가? 우리는 그런 것들이 얼마나 천박하고 저급한 것이며, 얼마나 가치 없고 덧없이 사라지는가를 직시해야 한다. 우리는 그럴듯한 말과 주장을 통해 명성을 구축한 사람들의 진가를 판별할 줄 알아야 하며, 또한 죽음의 본질을 꽤뚫어 봐야 한다.

우리가 죽음에 대해 진지하게 사색하고 막연히 떠오르는 공포심을 제거한다면, 죽음이란 하나의 자연 현상에 불과하다는 것을 깨닫게 될 것이다. 아니, 오히려 자연의 끝없는 번영과 순환을 위해 반드시 필요한 과정임을 인식하게 될 것이다.

13 세상에서 가장 불행한 일은 신들의 창조물을 모두 이해하고자 하는 행위일 것이다. 땅 속 깊숙한 곳까지 찾으려 들고 다른 사람의 비밀을 훔쳐보기 위해 기웃거리고 공상하는 사람들, 그런 사람들은 자기 마음속에 있는 성스러운 이성에 관심을 갖고 그 영혼을 충실히 섬기는 것이야말로 자기에게 꼭 필요한 일이라는

사실을 알지 못한다.

자신의 수호신인 이성을 섬긴다는 것은 자신에게 닥치는 모든 일의 욕망을 떠나 순결함을 보존하는 것을 말한다. 신의 행위는 그 우월성으로 인해 존경받아 마땅하고 인간의 행위는 사랑과 인류의 평화를 위해 호의적으로 받아들이는 것이 마땅하다. 또한 선과 악을 모르는 인간의 무지는 흑백을 가리지 못할 만큼 가련한 상태이기 때문에 동정 받아 마땅한 것이다.

14 당신이 만약 3천 년, 혹은 3만 년을 산다 해도 잃는 것은 현재 당신이 영위하는 순간의 삶이며, 소유할 수 있는 것도 지금 그 순간의 삶임을 명심하라. 그것이 긴 인생이든 짧은 인생이든 마찬가지이다. 지금 우리를 스쳐 지나는 이 순간은 만인에게 공통된 소유물이며 잊혀지는 것 또한 한 순간이기 때문이다.

인간은 과거나 미래를 잃을 수 없다. 왜냐하면 현재 갖고 있지 않은 것을 잃거나 빼앗길 수는 없기 때문이다. 어떻게 갖지도 않은 것을 잃어버린단 말인가!

그러므로 다음의 두 가지를 명심해야 한다.

첫째, 영원에서 전해지는 만물은 윤회(輪廻)를 거듭하는 것이어서 설사 당신이 그 순환을 100년, 200년, 아니 무한한 세월을 두고 봐도 아무런 차이가 없다.

둘째, 가장 오래 산 사람이나 태어나자마자 죽은 사람이나 죽는다는 사실에는 변함이 없다. 왜냐하면 인간이 상실할 수 있는 것은 현재뿐이기 때문이다. 소유하지도 않은 것을 잃는 사람은 아무도 없다.

15 일찍이 모니무스(Monimus)*는 갈파했다.

"모든 사물은 그 사물에 대해 인간이 갖는 견해, 즉 관념에 의해 결정된다."

설령 반론이 있다 해도, 이 말의 진리에 해당되는 부분을 교훈으로 받아들인다면, 어느 정도의 가치는 발견할 수 있다.

*모니무스: 디오게네스의 제자. '만물은 공허하다'는 그의 말은 메난드로스의 시에 인용되었다.

16 인간의 이성이 자신을 해친다는 것은 이성이 이성 자체를 손상시키는 것이다. 즉 우주의 한 종양이 되는 것으로, 자연의 한 부분에 속해 있으면서 그러한 환경과 투쟁하는 것은 우주를 향한 반란이기 때문이다.

자연은 개별적인 것들의 모든 본성을 내포하고 있다. 이성이 스스로 상처를 입히는 두 번째는 어떤 사람을 배격하거나 악의적으로 반목하는 경우이다. 세 번째는 이성이 쾌락이나 고통으로 인해 자제력을 잃는 경우이며, 네 번째는 일을 행함에 있어 성실성 없이 건성으로 움직이는 경우다. 마지막으로 이성이 이렇다 할 목표도 없는 상태, 즉 어떤 사고나 분별력 없이 무모하게 정력을 쏟아 붓는 경우다.

아무리 사소한 일일지라도 목표를 세우고 실천에 옮겨야 한다. 가장 합리적인 사고력을 가진 인간만이 그 목적을 가질 수 있으며 그것은 곧 정치, 법률 및 이성에 따를 때에만 가능하다.

17 무한한 시간 속에 한 인간이 차지하는 인생이란 순간에 불과할 뿐이며, 그의 존재는 끊임없이 윤회한다. 또한 그의 깨달음은 우둔하고 혼탁하며, 그의 육체는 이내 썩어 없어질 운명을 지니고 있다. 운명은 전혀 예측할 수 없고, 영혼은 한줄기 회오리바람과

같다. 다시 말해 육체에 속한 모든 것은 굽이치는 물결이고, 영혼에 해당하는 것은 꿈과 환상과 신기루에 지나지 않는다. 삶은 하나의 전투이며 후세에 남는 명예란 망각일 뿐이다.

그렇다면 이 무기력한 인간을 깨우치고 인도할 힘은 과연 어디에 있는가? 그것은 오직 하나, 바로 철학이다. 그렇다면 철학자가 된다는 것은 무엇을 의미하는가?

그것은 자기 정신과 영혼 속에 신성을 안치하고, 그것을 모독하거나 해치는 일 없이 욕망과 쾌락을 초월하여 행동하고, 거짓과 위선을 행하지 말며, 행동이나 의사에 흔들림이 없는 것이다.

또 정해진 모든 운명이 자신과 같은 원천에서 나온 것임을 자각하고, 무엇보다 모든 생물이 그 구성 분자로 환원하는 것에 불과한 죽음마저도 인정하고 받아들일 수 있어야 한다. 죽음은 각 생물을 구성하는 원소의 분해 작용이다. 그것은 자연의 한 현상이고, 자연에 종속되어 있는 것이므로 두려움 없이 받아들여야 한다.

카르눈툼*에서 씀.

*카르눈툼 : 다뉴브 강의 오른쪽 기슭에 있는 판노유아의 도시.
마르쿠스 아우렐리우스는 170년~174년 원정 길에 나섰을 때 몇 번이나 이곳에서 오래 머물렀다. 오늘날 헝가리의 하임불크이다.

3

운명에 대하여

1   우리의 생명이 나날이 꺼져간다는 사실 외에 또 다른 사실 하나를 간과해서는 안 된다. 즉, 어떤 사람의 생명이 얼마간 더 연장된다 하더라도, 과연 사고력이나 이해력이 그대로 남아서 사물을 뚜렷이 식별하고 신과 인간을 이해하는 데 필요한 사색 능력을 계속해서 유지할 수 있느냐 하는 것이다.

노령기에 접어들더라도 신체적 배설작용이나 식욕, 상상력 등에는 크게 이상이 생기지 않는다. 그러나 자신의 능력을 발휘하는 힘, 의무를 정확하게 수행하는 힘, 주변에서 일어나는 모든 문제를 판단하는 힘, 최후의 순간을 분별하는 힘 그리고 그동안 숙련시킨 이성의 기능은 쇠퇴하기 마련이다. 그러므로 서두르지 않으면 안 된다. 우리는 매일매일 죽음을 향해 걸어가고 있으며, 동시에 사물에 대한 개념이나 이해력은 점점 쇠약해져 가기 때문이다.

2   기억해야 할 것은, 자연의 섭리에 의해 일어나는 모든 현상 속에는 신의 은총이 숨어 있다는 사실이다.

예를 들어 오븐에 빵을 구울 때 빵의 표면이 갈라지는 현상이 나타나는데, 이것은 기술적으로 의도한 바는 아니지만 일종의 아름다움으로써 식욕을 돋우어 준다. 또한 잘 익어 벌어진 무화과, 썩기 직전의 올리브도 아름다움을 한층 더한다. 고개 숙인 벼 이삭, 사자가 인상을 쓸 때 생기는 주름, 멧돼지의 콧김…… 그 자체만 놓고 보면 그다지 좋아 보이진 않지만 이 역시 자연의 또 다른 과정으로서 독특한 아름다움을 지닌 것들이며, 우리는 그러한 것들에서 삶의 희열을 느끼게 된다. 이와 같이 우주의 신비로운 활동으로 생성된 모든 것들을 깊은 통찰력과 애정 어린 시선으로 바라본다면 무엇 하나 즐겁지 않은 것이 없다.

자연의 아름다움을 즐길 줄 아는 사람은, 맹수의 으르렁거리는 입을 볼 때도, 화가나 조각가의 작품을 보듯 찬탄의 눈으로 바라볼 것이며, 청춘 남녀 사이에 감도는 열정적인 사랑뿐 아니라, 나이 들어 쭈글쭈글해진 노인의 주름살에서도 일종의 원숙한 아름다움을 찾아낼 수 있을 것이다. 물론 모든 사람이 그런 모습에서 매력을 느끼는 것은 아니다. 자연과 그 자연의 산물에 대해 진실로 애착을 갖고 바라보는 사람만이 깊은 감명을 느끼는 것이다.

3　히포크라테스(Hippocrates)*는 많은 사람들의 병을 치료해 주었지만 정작 자신은 병에 걸려 죽었다. 칼데아(Chaldea)의 점성술사 역시 많은 사람의 죽음을 예언했지만 정작 자신의 운명은 알지 못했다. 폼페이우스, 시저, 알렉산더는 수많은 도시를 함락하고 수십만의 기병과 보병들을 죽였지만 결국 그들도 죽고 말았다. 헤라클레이토스(Heraclitus)*는 불로 이루어진 우주에 대해 끊임없이 명상을 거듭했으나, 자신은 수종에 걸려 물이 가득찬 몸뚱이로 죽어갔다. 데모크리토스(Democritus)*는 이 때문에 죽었고 소크라테스(Socrates)는 처형당했다. 그렇다면 이 사실들은 무엇을 의미하는가?

　당신은 이미 배에 올라탔다. 항해는 시작되었고 당신은 지금 피안에 도착해 있다. 이제 그만 하선하라. 만약 당신이 또 다른 저승의 세계로 들어가는 것이라면 그곳에서도 마찬가지로 신들이 존재할 것이다. 이때 배는 이승에 머무는 형체, 즉 육신을 말하고 배에서 내림은 그 육신과의 이별을 의미한다.

　당신은 결국 무감각한 상태로 돌아갈 것이다. 이미 고통이나 쾌락에 사로잡혀 있지 않고 또한 육신이라는 형체에 갇힌 노예 상태에서도 벗어나 있을 것이다. 형체라는 것은 영혼의 우월함에 비하면 매우 저급한 것이다. 영혼은 지혜이며, 이성이고 신성인데 반해, 형체인 육신은 흙이며 부패(腐敗)이기 때문이다.

*히포크라테스(Hippocrates): B.C.450~355. 고대 그리스의 의학자로 실증 위주의
과학적 의학을 수립해 의학의 아버지라 불린다. '인생은 짧고 예술은 길다'라는
명언을 남겼으며 체액설(體液說)을 주창하였다.

*헤라클레이토스(Heraclitus): B.C.540~475. 그리스의 철학자, 비판자. 이오니아학파
의 대표자. 헤시도스, 피타고라스 등을 매도하여 고독한 생활을 했는데 그가 쓴
잠언풍의 문장이 매우 난해하여 '어두운 사람'이라 일컬어진다. 불을 우주의 근
원이라 보았고 만물은 모두 유전(流轉)한다고 하였다. 로고스에 따르는 생활이 최
고의 생활이라 주장하였으며 스토아학파에 영향을 주었다. 단편 중 130여 편이
현존한다.

*데모크리토스(Democritus): 그리스의 철학자. 플라톤 후기부터 알려져 아리스토텔레
스 때에 중요시된 인물. 우주는 무한한 원자들의 다양한 결합으로 형성되었다는
원자론을 주장, 근세 물리학의 발전에 결정적인 영향을 주었다.

4　국가나 사회에 이익이 되는 일이 아니라면 굳이 다른 사람의
일에 신경을 쓸 필요가 없다. 그가 무슨 생각으로 그런 말을 하는
지, 어떠한 목적을 이루려고 하는지 등 잡다한 사념에 사로잡히
다 보면 다른 일을 할 수 있는 많은 기회를 잃게 된다. 즉, 자기
내면의 '통치자'에 대한 충성심을 분산시키는 역효과를 내게 되
는 것이다.

　마음속의 잡념을 없애기 위해서는 떠오르는 여러 가지 생각들
을 지우고, 맹목적이며 단순한 호기심에 의한 감정 따위에 휩쓸
리지 않도록 조심해야 한다. 그리고 누군가 갑자기 "당신은 지금
무슨 생각을 하고 있는가?"라고 물었을 때에도 정확하게 "나는
이런 생각을 하고 있다."라고 대답할 수 있도록 항상 사고하는 습
관을 길러야 한다.

　욕망과 쾌락으로 괴로워한다거나 시기와 질투, 경쟁심 따위를

갖는 일 없이 언제든 마음속의 것을 말해야 할 때 얼굴 붉히지 않을 수 있는 것들만 생각해야 한다. 그래야만 당신은 말과 행동에 당당해지는 것이다. 이런 사람이 보다 높은 이상을 갈망하기로 마음먹는다면 그야말로 신의 사제요, 종복이 될 것이다. 왜냐하면 그는 쾌락에 의해 더럽혀지지 않고 어떤 고통에도 능욕당하는 일 없이 자신의 본성을 유지할 수 있는 내면의 힘을 가졌기 때문이다.

그런 사람이야말로 가장 당당하고 숭고한 싸움의 투사이며, 일체의 격정에 휘말리지 않고 자기 운명에 할당된 것을 유유히 누리는 자이다. 그는 정의감에 불타 있으며 자신에게 닥쳐올 운명을 기꺼이 받아들이고 주위의 온갖 사념으로부터 자유롭다.

그는 우주라는 직조물 속에서 자기 자신만의 특정한 실을 찾아내어 자신의 관심사에서만 능력을 발휘한다. 또한 자신의 행동이 명예로운 것이 되도록 항상 노력하며 자신에게 일어나는 일은 모두 유용한 것이라고 확신한다. 왜냐하면 그를 이끄는 운명은 보다 높은 곳에서 지시를 받기 때문이다. 또한 그는 모든 인간이 자신의 동료이며 그들을 생각하고 돌보는 것이야말로 인간으로서의 당연한 의무라는 것을 잊지 않는다.

또한 자신이 추구해야 하는 것은 세상 사람들의 평판이나 여론이 아니라 자연의 원리에 순응하며 살아가는 선인의 길이라는 것을 잊지 않는다. 반면 자연에 순응하며 살지 못하는 사람들에 대해서는 '집 안팎에서의 생활은 어떠한가, 밤과 낮의 생활은 어떠한가, 인품은 어떠한가, 어떤 종류의 인간이며, 또 친구들과 어울려 올바르지 못한 삶을 살고 있지는 않은가' 등을 항상 염두에 둔다. 그런 사람들은 스스로에게조차 만족하지 못하는 사람들이므로, 그는 그들의 찬사 따위에는 아랑곳하지 않는다.

5 마음에서 우러나는 행동을 하되 항상 공공의 이익을 감안하라. 충분히 숙고하여 움직이되 감정 속에 가식과 지나친 세련을 가미하지 말라. 말 많은 사람이 되지 말 것이며, 자신과 무관한 일에 연루되어 스스로 망치지 말라. 자기 내면의 신으로 하여금 남자답고 성숙한 개체, 로마 시민, 정치가, 국가지도자로서 직분을 지키는 데 최선을 다하게 하라. 그리하여 인생이란 전쟁터에서 퇴각 명령을 기다리며 자신의 위치를 고수하되 결코 죽음을 두려워하지 말라. 자기 입으로 공적을 말하거나 남이 그 공적을 알아주기를 바라지 말라. 외부의 도움을 청하지 말고 타인에게서 마음의 평정이나 위안을 바라서도 안 된다. 반드시 스스로 일어서야 하며 절대 타인의 부축을 받아서는 안 된다.

6 만일 당신이 정의, 진리, 절제, 강직, 용기보다 더 훌륭한 것을 만나게 된다면, 즉 이성에 따라 행동하는 데서 오는 마음의 평화보다 더 좋은 것을 만나게 된다면 당장 그것에 온 정신을 쏟고 그렇게 함으로써 누릴 수 있는 쾌감을 향유하라. 그러나 만일 당신의 내면에 머물면서 온갖 욕망을 조절하고 인생 전부를 비판 검토하며 신에게 귀의하여 인류를 염려하는 그 신성보다 나은 것이 하나도 발견되지 않는다면, 당신은 그 어떤 것도 추종해서는 안 된다.

만약 다른 방향으로 향하게 되면, 본래 당신의 소유인 선함에 몰두할 수 없다. 대중의 칭찬이나 권력, 부나 쾌락 따위도 당신의 합리적이고 선한 이성에는 미칠 수 없다. 물론 얼마 동안은 그것들이 잘 순응하는 듯 보이겠지만 실제로는 순식간에 지배력을 얻어 우리를 압도해 버리고 만다.

지금 당장 당신이 가장 고귀하다고 믿는 이상을 선택하여 그것에 몰두하라. 그리고 최후까지 그것을 고수하라!

7　무리하게 약속을 깨뜨리거나, 자존심을 잃게 하거나, 타인을 증오하게 하거나, 의심케 하거나, 저주케 하거나, 위선을 행하게 하는 모든 욕망에서 얻어지는 이익을 중요시하지 말라. 마음 속 신성을 존중하는 사람은 꾸밈이 없고, 불평하지 않으며, 쓸데없는 고독을 자초하지 않으며, 대중과 휩쓸리는 일은 바라지 않는다. 또 무엇보다도 죽음을 두려워하지 않는다.

　그는 그렇게 함으로써 자신의 영혼이 육체 안에 깃들어 있는 시간에 대해서도 초조해하거나 안타까워하지 않는다. 가령 지금 당장 세상을 떠나야 한다고 해도, 그는 보통의 일상적인 일을 행하는 것처럼 태연하게 죽음을 맞이할 것이다.

　또한 그의 유일한 관심사는, 일생 동안 자신의 이성이 문명사회의 지적, 사회적 동물로서 벗어나지 않도록 조심하는 것뿐이다.

8　부단히 단련되고 정화(淨化)된 인간의 정신 속에는 부패된 것이나 부정한 것, 상처 따위는 발견되지 않는다. 또한 운명은 그러한 인간의 생명을 완성하기도 전에 회수하지 않는다. 그것은 배우가 연기를 다 끝내지 못한 채 무대를 내려가는 것과 같다.

　뿐만 아니라 그의 마음속에는 추호의 비굴함도 허식도 없으며, 남에게 의지하지도 않고 남을 멀리하지도 않는다. 다른 사람에게 비난을 살 일도 숨을 곳을 찾을 필요도 없는 것이다.

9　스스로 독자적인 의견을 만들어 낼 수 있는 당신의 능력을 존중하라. 당신의 이성은 그것이 있어야만 자연과 인간의 이상적인 본성에 위배되는 관념의 창출을 중지할 수 있다. 또한 경솔한 판

단을 금지시키고 훌륭한 인간관계를 유지할 수 있으며 나아가 하늘의 의지에 순종할 수 있게 된다.

10 인간은 쏜살같이 지나가는 현재의 이 순간 속에서만 존재하는 것이다. 나머지 인생은 그저 사라져 버렸거나 아니면 아직 불확실할 뿐이다.

이 같은 인간의 삶은 순간에 불과하며 각자가 영위하는 지상의 공간 역시 비좁기만 하다. 생명은 지구의 한구석에 숨어사는 보잘것없는 난장이에 불과하며 그 생명도 곧 꺼져갈 것이다. 그리고 가장 뒤늦게까지 이곳에 머물 사후의 명성 역시 짧고 허망하기는 마찬가지다. 그리고 이것을 이야기하는 사람들도 언젠가는 죽고 만다. 또한 그들은 자신의 일조차 알지 못하는 가엾은 족속이므로 이미 과거에 죽은 사람들의 일 따위를 알 리가 없다.

11 어떠한 대상이 당신의 마음속에 들어왔을 때, 그것에 대한 정신적 정의를 내리거나 적어도 그 윤곽만큼은 파악해야 한다.

그것이 어떤 종류의 사물이며 그 본성과 실제적인 모습, 그것을 이루는 원소의 정체, 그 원소가 분해되고 다시 환원하는 과정을 확인하라. 당신 혼자의 힘으로 말이다. 왜냐하면 인간이 자신의 이성을 발전시키는 데 있어 매우 유효한 방법은 삶을 통해 제시되는 하나하나의 대상을 면밀히 검토하고 음미하는 것이기 때문이다. 그리고 여러 사물을 관조함에 있어 다음의 사실을 염두에 두지 않으면 안 된다.

즉 전체로써 이 우주는 어떤 성질을 가지고 있는가? 우주 가운데 나타나는 사물의 효용가치는 어떤 것인가? 각각의 사물이 전체에 관련해 갖는 가치는 무엇인가? 또 세계의 모든 도시를 내

집처럼 포용하는 로마의 한 시민으로서의 당신에게 각 사물과 인간은 어떤 의의를 가지는가? 각 사물의 본체와 그 구성은 어떠한가? 혹은 그 성질을 얼마나 오래 지속할 수 있는가? 또한 나는 어떤 덕성을, 예를 들면 부드러움, 강직함, 정직, 진실, 충성, 만족 중 어떤 것을 가져야 할 것인가?

어떤 경우이든 인간은 이렇게 말하지 않으면 안 된다. 이것은 신에 의한 것이다. 혹은 운명이 부여한 것으로 복잡한 거미집의 줄 한 가닥과 같은 우연의 일치일 뿐이다. 그러므로 우리는 이 모든 것을 자연의 법칙에 따라 관용과 정의를 갖고 신의로써 대해야 한다.

12 한 순간도 이성을 잃지 않도록 경계하며, 언제라도 자신의 신성을 반환하지 않으면 안 될 것처럼 항상 정신을 순수하게 유지하면서 매사에 열정적으로 임하라.

무엇을 기대하거나 두려워하지 말고 단지 자연의 본성에 따라 순응하며 임무를 이행하고 모든 언행에 있어 진실을 추구해 나간다면, 당신의 인생은 행복해질 것이다. 또 이 세상 어느 누구도 당신을 방해하지 못할 것이다.

13 의사들이 위급한 환자들을 위해 늘 진료 도구를 준비해 놓듯이 당신도 신과 인간의 이해를 얻기 위해 늘 당신만의 원칙을 갖고 있어야 한다.

아무리 보잘 것 없는 행위일지라도 항상 이 점을 명심하라. 왜냐하면 인간에 관한 그 어떤 일도 신의 섭리를 벗어나 수행될 수 없으며 그 반대의 경우도 마찬가지이기 때문이다.

14 더 이상 자신을 그릇된 길로 인도하지 말라. 그렇게 되면 지나
간 로마인이나 희랍인의 전설적인 기록들, 노년에 읽기 위해 간
직해 둔 훌륭한 저적들도 더 이상 읽지 못할 것이다.

이제 종말을 준비하라. 무익하고 나태한 희망을 버려라. 그래도
자신을 아끼는 마음이 조금이라도 남아 있다면 아직 그 능력이
남아 있을 때 건강을 돌보면서 눈앞의 일들을 서둘러 마무리 짓
도록 하라.

15 사람들은 '훔치거나', '씨앗을 뿌리거나', '무엇을 사거나', '평
화로워지는 것' 혹은 '어떤 일에 대한 의무'와 같은 말들의 의미
를 제대로 알지 못한다. 그것은 전혀 다른 종류의 통찰력에 의해
파악되기 때문이다.

16 인간의 육체는 감각을 위해 존재하고 영혼은 행동의 욕망을 위
해 존재하며 이성은 모든 기능과 원칙을 위해 존재한다. 감각, 즉
외관에 의해 여러 가지 형태의 개념을 파악하는 능력은 가축들에
게도 있다. 욕정의 충동에 이끌리는 것은 야수에게도 동성애자에
게도, 네로(Nero)나 팔라리스(Phalaris)* 같은 자들에게도 있다. 또한
이성은 신을 부정하고 조국을 배반하고 온갖 불결한 행위를 일삼
는 자들에게도 동등하게 부여된 것이다.

이와 같은 것은 모든 사람에게 공통된 것이나 선인에게는 그만
의 독특한 것이 따로 존재한다. 그것은 운명이 예비해 놓은 모든
경험들을 기꺼이 받아들이며 그것에 만족하는 것이다. 또한 마음
속에 깃든 신성을 모독하거나 옳지 못한 온갖 관념들로 인해 마
음을 어지럽히거나 방해하지 않으며, 진리에 벗어난 일은 일체 관
여하지 않고 또한 정의와 대립되는 일은 절대 하지 않는 것이다.

그리고 단순하고 소박한 삶을 살아간다는 이유로 남들이 불신하더라도, 절대 분노하지 않으며, 자신의 운명이 다할 때까지 조금도 흔들림 없이 나아간다. 그리하여 생과의 작별을 주저하지 않고 운명이 정해준 수명과 완벽하게 조화를 이루는 것이다.

*팔라리스(Phalaris): B.C.6세기경 시칠리아의 아크라가스를 통치했던 정치가로 비인 간적이며 잔인하기로 악명이 높았던 인물. 그는 포로를 놋쇠로 만든 황소에 넣고 불태워 죽였는데 그 첫 번째 희생자가 바로 황소를 만들었던 페릴루스였다.

4

죽음에 대하여

1 인간을 다스리는 내면의 힘이 자연의 순리를 따르고 있다면, 그것은 항상 환경에 의하여 생기는 기회와 가능성에 쉽게 순응할 것이다. 그 힘은 특정한 재료를 요구하지 않고 다만 정해진 목표를 이루기 위해 기꺼이 타협할 것이다.

그 힘은 앞을 가로막는 장애물도 전환시켜 자신에게 유익한 재료로 삼는다. 그것은 마치 던져진 장작더미를 집어삼키는 모닥불과 같다. 작은 불꽃이라면 이내 꺼져버리겠지만 강한 불일 경우에는 그 물체를 사르고 이로 인해 불꽃은 더욱 크게 타오르는 것이다.

2 어떠한 행위도 뚜렷한 목적 없이 아무렇게나 해서는 안 되며 그 일을 수행하는 데 꼭 필요한 원리 원칙을 무시해서도 안 된다.

3 많은 사람들이 시골이나 바닷가, 또는 깊은 산중에 은둔해 살기를 바란다. 당신 역시 이런 욕망을 갖고 있을 것이다. 그러나 이런 것은 지극히 평범한 사람들에게만 필요한 것일 뿐 철학을 실천하는 사람에게는 부질없는 짓이다. 왜냐하면 그는 자신이 원하기만 하면 언제든 그 자신 속으로 은둔할 수 있기 때문이다. 이 세상에 자기 자신의 영혼 속보다 더 조용하고 평온한 은신처는 없다.

특히 정신적인 여유를 갖고 있는 사람은 조금만 노력하면 즉시 마음의 평온을 유지할 수 있다. 마음의 평온이란 잘 정리된 정신과 같다. 마음속으로의 은둔을 자주 활용하여 스스로를 쇄신시켜라. 또한 삶의 원칙들은 지극히 간결하면서도 모든 기본적인 것들을 포괄하는 것이어야 한다. 그렇게 되면 그 원칙들을 떠올리는 것만으로도 영혼은 즉시 정화될 것이며 아무런 불평불만 없이 스스로 돌아가야 할 곳으로 갈 수 있게 되는 것이다.

당신의 불만은 대체 무엇인가? 인간들의 사악함인가?

그렇다면 이성을 지닌 모든 동물은 서로 돕기 위해 창조되었다는 원리를 상기하라. 인간은 고의적으로는 악행을 범하지 않으며 서로 참는 것이 곧 정의이다. 수많은 사람들이 품었던 적개심, 증오, 의심, 원한, 갈등 등을 상기해 보라. 그런 것들을 품었던 인간은 이미 먼지나 재와 더불어 사라져 버리고 없지 않은가!

우주로부터 할당된 당신의 위치가 너무 작아서 불만인가?

그렇다면 지고지순한 섭리가 아니면 단 한 개의 원자도 존재하하지 않는다는 명제를 다시 한번 상기하라. 그리고 더 이상 불평하지 말고 침묵하라.

질병이 당신을 괴롭히는가?

그렇다면 이성이 육체와 분리되어 스스로 그 힘을 인식하고 육체의 호흡이 순조롭든 거칠든 아무런 관계가 없음을 상기하라. 즉, 고통과 쾌락에 대해서는 그동안 당신이 배우고 받아들인 모든 것을 떠올리면서 괴로워하지 말고 침묵하라.

명성이란 괴물이 당신을 괴롭히는가?

그렇다면 보라, 세상의 모든 사물은 얼마나 빨리 잊혀지는가! 그리고 현재의 앞뒤로 펼쳐진 영원이란 심연을 상기하라. 갈채의 메아리는 얼마나 공허하고, 열광하는 자들은 또 얼마나 무분별하고 변덕스러우며, 그 찬사가 미치는 공간은 얼마나 협소한가? 이 세계는 단지 하나의 점에 불과하며 우리가 사는 곳은 그 점 안의 미세한 한 귀퉁이에 지나지 않는다. 그 안에 당신을 찬양하는 사람이 얼마나 있겠으며 그들은 또 얼마나 보잘 것 없는 존재들인가?

무엇보다도 당신의 마음을 불안, 긴장, 부담으로 혼미케 하지 말고 편협하게 하지 말며, 다만 한 인간으로서 언젠가는 죽어야 할 숙명을 지닌 피조물로서 인생을 관조할 수 있어야 한다. 그런 후 항상 명심해야 할 다음의 두 가지 진리를 생각하라.

첫째, 외적인 존재인 주위의 사물은 우리의 영혼에까지는 이르지 못하는 것이므로 우리 마음의 동요는 오로지 내면의 관념에 의해서 생겨난다.

둘째, 지금 당신이 바라보는 눈앞의 모든 사물은 순식간에 변하는 것으로 곧 사라져 버릴 것이다. 또한 당신도 그 수많은 변화의 한 부분을 차지한다는 것을 기억하라.

4   인류가 보편적으로 사고하는 힘을 가지고 있다면 이는 이성을 소유했다는 말과 같다. 이것은 우리를 이성적인 창조물로 만들어 준다. 따라서 이성은 우리에게 상대방을 인식하게 해준다. 그러므로 세상의 법칙이 존재하는 것이다. 이것은 또한 우리 인간은 모두 동료이고, 공통된 시민권을 소유하고 있으며, 전 세계는 하나의 도시임을 뜻한다. 이렇듯 모든 인간애를 주장하는 또 다른 시민권을 어디에서 얻을 수 있을까? 바로 여기에서부터 정신, 이성, 그리고 법을 파생하는 세계의 조직이 생겨난 것이다.

그게 아니라면 어디에서 생겨난 것인가?

인간의 몸을 이루는 흙은 지구를 구성하는 흙으로부터 주어진 것이며, 인체의 수분과 호흡 역시 지구의 또 다른 요소로부터 주어진 것이다. 마찬가지로 우리 정신의 원천 또한 어딘가에 존재할 것임에 틀림없다.

5   탄생과 마찬가지로 죽음 역시 자연의 한 신비이다. 탄생할 때 결합되었던 원소들이 분해되면 그것이 바로 죽음인 것이다. 따라서 삶과 죽음에 관한 어떠한 것도 수치스럽게 생각할 필요가 없다.

왜냐하면 그것은 이성이 부여된 인간의 본질에 어긋난 것이 아니며, 결코 창조의 섭리에도 반하는 것이 아니기 때문이다.

6 인간은 누구나 자기 본성에 맞는 일을 찾기 마련인데, 이것은 자연스럽고도 필연적인 일이다. 이와 같은 일을 받아들이지 않는다는 것은 무화과나무에서 수액이 나오는 것을 믿지 않는 것과 같다. 일정한 시간이 지나면 당신뿐 아니라 모든 사람들이 죽을 것이며, 얼마후엔 당신들의 이름조차도 남겨지지 않으리라는 것을 명심하라.

7 무언가로 인해 억울하다는 마음을 버려라. 그러면 억울함도 사라질 것이다. 피해의식을 버려라. 그러면 그 자체도 사라져 버린다. '나는 상처받았다'라는 생각을 버리면 그 상처도 곧 사라지게 될 것이다.

8 어떤 사람이 타락하지 않았다면 그의 삶을 부패시킬 수 없으며 내적이든 외적이든 아무런 피해도 입힐 수 없다.

9 집단을 위해 보편적으로 유용한 것들의 본성은 당연히 그렇게 행해져야 한다는 데 있다.

10 세상에 벌어지는 모든 일들은 어떤 것이든 정당한 이유에서 발생한다는 것에 주목하라. 조금만 주의를 기울여 보면 이것이 진실이고 단순히 인과관계에 의한 연속성만이 아닌, 모든 대상에 합당한 가치를 분배하는 신의 섭리와도 같은 공정한 질서가 존재한다는 것을 알 수 있을 것이다. 당신은 이 관찰을 주의 깊게 계

속할 필요가 있다. 또한 무엇을 하든 모든 사람들이 선하다고 말하는 행동을 하지 않으면 안 된다. 모든 행동을 함에 있어 이것을 명심하라.

11 당신은 비리를 범하는 자들이 갖고 있을 법한 생각이나 그들이 당신에게 요구하는 그런 생각을 해서는 안 된다. 또한 거기에 지배 당해서도 안 된다. 다만 진리에 비추어 생각하고 진리의 관점에서 볼 것이며, 진리에 맞게 행동하라.

12 우리는 언제나 다음의 두 가지 규칙을 따르지 않으면 안 된다.
    첫째, 이성과 국가의 법을 시행하는 제왕이 인류 공동의 이익을 위해 명령하는 것만을 행하라.
    둘째, 당신의 미망(迷妄)을 풀어주고 판단을 바로잡아 주는 사람이 주변에 있다면 주저하지 말고 당신의 결정을 재고하라. 물론 이것은 공공의 이익이나 그 밖의 다른 이익에 이바지한다는 확신에서 나온 것이라야 한다. 일시적인 쾌감이나 소소한 명성 따위에 휘둘려서는 안 된다.

13 당신은 이성을 갖고 있는가? 갖고 있다면 무엇 때문에 그것을 활용하지 않는가? 만일 당신의 이성이 그 본래의 기능을 유감없이 발휘한다면 더 이상 무엇을 바라겠는가?

14 당신은 지금까지 전체의 한 부분으로 존재해왔다. 그러나 당신은 처음 당신을 생성한 자연으로 되돌아가지 않으면 안 된다. 아니, 오히려 다시 한번 변화를 거쳐 우주의 창조적 이성 속으로 귀속해야 한다.

15 제단 위로 많은 유향(乳香) 가루들이 떨어진다. 어떤 것은 먼저 또 어떤 것은 나중에 떨어진다. 그러나 결국 떨어진다고 하는 것에는 아무런 차이가 없다.

16 만일 당신이 당신의 본성으로 돌아가 이성을 섬긴다면, 지금 당신을 한 마리의 야수나 원숭이쯤으로 생각하는 사람들도 열흘이 채 못 되어 당신을 신처럼 섬기게 될 것이다.

17 눈앞에 마치 일만 년 정도의 수명이 남아 있는 것처럼 행동하지 말라. 죽음은 당신의 머리 위를 항상 맴돌고 있다. 생명과 능력이 당신에게 붙어 있는 동안 온갖 노력을 다해 선한 인간이 되도록 하라.

18 주위 사람들이 어떤 말을 하고 어떤 행동을 하는지에 관심을 두지 않고 다만 자신의 행동이 올바르고 순수한가에 대해서 고민하는 사람은 실제로 수많은 걱정에서 벗어나 있다. 다른 사람들의 퇴폐적인 행위에 눈을 돌리지 말고 흔들림 없이 곧장 앞으로 달려가라.

19 사후의 명성에 집착하는 사는 자신을 기억하는 모든 사람들 역시 곧 죽을 것이라는 사실을 알지 못하는 자이다. 또한 그의 후손들 역시 곧 사라질 것이며 활활 타오르다가도 종국에는 스러지는 불꽃처럼 기억의 마지막 불씨도 마침내 소멸하고 만다는 것을 깨닫지 못한다. 설령 그것을 기억해 줄 사람들이 영원히 죽지 않고 그들의 기억이 영원하다 할지라도 그것이 당신에게 무슨 의미가 있겠는가? 이것은 살아 있는 자에게도 똑같이 해당되는 질문

이다. 명성이나 칭송이 실제로 확실한 공리를 갖고 있지 않다면 그것이 과연 무슨 소용이 있겠는가?

오늘 대자연이 당신에게 베풀고 있는 은혜를 뿌리치고 사람들이 내일 당신에 대해 무슨 말을 할 것인가에 모든 정신이 쏠려 있다면 정말로 안타까운 일이 아닐 수 없다.

20 아름다운 것은 그 자체가 나름대로의 미를 간직하고 있기 때문에 아름답다. 아름다움은 그 이상을 요구하지 않는다. 그것에 대한 인간의 찬사와 찬미도 아무런 도움이 되지 않는다. 왜냐하면 찬사를 덧붙인다고 해서 더 좋아지거나 나빠지지는 않기 때문이다.

이것은 많은 사람들에 의해 아름답다고 일컬어지는 사물, 즉 천연적인 것이나 인공적인 예술 작품에 대해서도 마찬가지다. 진실로 아름다운 것은 그 밖의 어떤 것도 요구하지 않는 법이다.

인간에게 필요한 법률이나 진리, 친절과 예의도 마찬가지다. 이것들 중 어떤 것이 찬사를 받는다고 아름다워지며 비난을 받는다고 더럽혀지겠는가? 에메랄드의 아름다움이 찬사가 부족하다고 해서 추해지는가? 황금과 상아, 장미와 숲의 나무가 그렇던가?

21 만일 영혼이 영원불멸의 것이라면 하늘은 어떻게 이 불멸의 혼들을 수용해 왔을까? 그리고 대지는 어떻게 아득한 과거로부터 묻혀온 그 수많은 시신들을 수용해 왔을까? 대지는 어느 정도 기간이 지나면 변화와 부패로 또 다른 사체를 위해 자리를 마련한다. 마찬가지로 영혼은 변화하고 사라지기에 앞서 잠시 공중에서 머물다가 우주 본원의 영지(靈智)에 수용됨으로써 불의 본성을 갖추게 된다. 이리하여 다른 영혼을 받아들일 여지가 생기는 것이다. 이것이 바로 영혼의 존재를 믿는 사람들의 근거가 되는 것

이다.

따라서 우리는 땅에 매장된 시체 수만을 생각해선 안 된다. 인간들에게 혹은 다른 동물들에게 매일매일 먹히는 동물들의 수도 무시할 수 없기 때문이다. 도대체 얼마나 많은 동물들이 그렇게 죽어가며 어떤 의미로 그들을 먹는 자들의 뱃속에 매장되고 있는 것일까? 그것들은 인간이나 짐승들의 체내에서 피로 변했다가 다시 공기나 불로 변하기 때문에 대지가 이를 수용할 수 있는 것이다.

이 문제에서 우리는 어떻게 진리를 찾아낼 것인가? 그것은 물질과 그 생성의 근거를 분별해냄으로써 가능하다.

22 일순간의 감정에 휩쓸리지 말고 올바른 길에서 벗어나지 않도록 주의하라. 어떤 충동이 일어날 때면 우선 그것이 정의의 명령에 의한 것인가를 파악하라. 또 어떤 인상을 받을 때마다 확실하게 파악하고 이해하라.

23 오, 우주여! 당신과 조화를 이루는 모든 것이 나와도 조화를 이루노라. 그대에게 알맞은 것이라면 나에게도 너무 이르거나 너무 늦지 않다.

오, 대자연이여! 그대의 사계절이 생산하는 모든 것이 나를 위한 열매로다. 만물은 그대에게서 나오며 그대 속에 존재하며 그대에게로 돌아가노라.

시인은 '고귀한 케크롭스(Cecrops)*의 도시'라고 노래했으나 우리는 '고귀한 신의 도시여!'라고 말하지 않겠는가?

*케크롭스(Cecrops): 고대 그리스의 수도인 아테네를 건립했다는 전설적인 시조로, 이 구절의 출처는 분명치 않음.

24 어느 철학자는 마음의 평정을 원한다면 많은 일을 벌이거나 관여하지 말라고 충고했다.

그러나 이렇게 말하는 것이 더 좋지 않았을까?

당신에게 꼭 필요한 행위와 사회인으로서의 당신의 이성이 요구하는 행위, 그리고 보편적 이성이 요구하는 행위를 할 수 있도록 그 밖의 다른 행위를 제한하라. 이렇게 하면 몇 가지 일이나마 잘 이행할 수 있고 거기에서 오는 만족감과 안정을 느낄 수 있을 것이다. 이것을 통해 우리가 말하고 행동하는 것들의 대부분이 불필요함을 느끼게 될 것이고 그것을 제거함으로써 시간과 수고를 절약할 수 있을 것이다. 그러므로 우리는 항상 '혹시 이것도 불필요한 일 가운데 하나가 아닐까?' 하고 자문해 보아야 한다. 아울러 불필요한 행위뿐 아니라 사념까지도 떨구어 버리지 않으면 안 된다. 그래야만 쓸데없는 행위가 뒤따르지 않는다.

25 자신에게 물어보라.

선한 인간의 생활, 즉 우주에서 나에게 할당한 부분에 만족하고 올바른 행위와 자비만을 희구하는 생활을 영위할 능력이 과연 내게 있는가?

26 인간은 살아가면서 온갖 자질구레한 사건들과 마주치게 된다. 당신은 이미 그런 일들을 수없이 봐왔을 것이다.

자, 이제 이것을 보라!

당신은 당신의 감정을 어지럽히지 말고 지극히 단순한 상태로 만들지 않으면 안 된다. 누군가가 당신에게 부당한 일을 가하고 있는가? 그러나 그런 행동은 결국 그 자신에게 해를 가하는 결과를 가져온다.

당신에게 무슨 일이 벌어지고 있는가? 당신에게 일어나는 일체의 일은 우주에서 생성하여 세상이 시작된 순간부터 이미 당신이 할당받은 운명이며, 당신 앞에 펼쳐진 상황은 살아 움직이는 다른 모든 것처럼 운명의 직조물에 짜 넣은 한 오라기 실에 불과한 것이다.

인생은 짧다. 이성과 정의의 공정한 처사에 순응하며, 빠르게 스쳐 지나가는 시간에서 유용한 것을 움켜잡아라. 마음은 여유롭게 가지더라도 정신은 차려야 한다.

자, 이제 이것을 보라!

새로운 만남의 불쾌한 측면.

27 질서정연하든 혼돈 속에 있든 우주는 여전히 우주의 형태를 갖추고 있다. 그러나 한 개체 속에 어느 정도의 질서가 존재하는데 동시에 그보다 큰 '전체'에는 무질서가 존재한다는 것이 가능한가?

그리고 그와 마찬가지로 자연의 모든 부분 사이에서 일탈이나 분산되는 일 없이 감정의 일치가 실재한다는 것이 가능한가?

28 사악한 마음이여! 유약하고 제멋대로인 성격, 야수 같고 유치한 자, 어리석고 우둔하며 허위로 가득 찬데다 교활한 성격, 비열한 자, 폭군의 마음이여! 사악한 마음이여!*

*이 감정의 폭발에 대해서는 다만 추측을 해 볼 수 있을 따름이다. 마르쿠스가 네로의 생애를 다시 읽었던 것일까?

29 우주 속에 무엇이 존재하는지 모르는 자를 우주의 이방인이라고 한다면, 그 속에서 무슨 일이 벌어지고 있는지 알지 못하는 자 역시 이방인이다. 그들은 사회에서 스스로 추방한 자, 즉 유형

당한 죄수이다. 그들은 이해의 눈을 감은 장님이며 남에게 의지하고 자신의 힘으로는 살아갈 수 없는 거지이다.

운명을 거부하고 이성에서 떨어져 나가 스스로 격리시키는 자는 우주의 종양과 같다. 마찬가지로 자신의 영혼을 이탈, 표류시키는 자 또한 공동 사회에서 버려진 하나의 깨진 조각에 불과할 뿐이다.

30   어떤 철학자는 옷을 갖춰 입지 않았고 또 어떤 철학자는 책을 갖지 않았다. 또 어떤 철학자는 반라의 몸으로 살며 이렇게 말한다. "나에게는 빵은 없지만 이성이 있다."

나는 비록 만족할만한 결실을 얻지 못했지만 학문을 사랑하며 이성에 의해 살아간다.

31   당신이 배우고 터득한 기술이 아무리 보잘 것 없는 것이라 할지라도 그것을 사랑하고 그것에 만족하라. 그리고 자신을 폭군이나 노예로 만들지 말고 모든 것을 신에게 맡긴 채 남은 인생을 살아라.

32   베스파시아누스(Vespasianus)* 황제 시절을 생각해 보라. 당신의 눈에 무엇이 보이는가? 당시에도 사람들은 결혼하여 아이들을 키우고, 병들고, 싸우고, 향연을 누리고, 장사를 하고, 의심하고, 자랑하고, 음모를 꾸미고, 저주하고, 불평하고, 연애하고, 재물을 모으고, 집정관의 지위와 왕권을 탐했다. 그러나 지금 그 시대 사람들과 생활 모습은 어디에도 존재하지 않는다.

트라야누스(Trajanus) 황제 시대는 어떠한가? 이때에도 마찬가지이며 그들의 삶 또한 모두 사라졌다. 이런 식으로 과거와 그 시대 사람들의 기록을 살펴보라. 그들은 이미 원소로 분해되어 사라져 버리지 않았는가?

당신이 아는 모든 이들을 떠올려 보라. 그들은 운명적으로 자신에게 주어진 의무를 게을리하고, 타고난 본성을 미혹시키고, 모든 일에 만족할 줄 모르고, 하찮은 것들에만 정신을 쏟고 있다.

여기서 명심해야 할 것은 어떤 대상을 추구할 때에는 그 대상의 본래 가치와 조화를 이뤄야만 비로소 가치 있는 추구가 된다는 점이다. 따라서 스스로 실망하지 않으려면 특별히 중요하지 않은 일에 시간과 정신을 빼앗기지 말아야 한다.

*베스파시아누스(Vespasianus): 로마 황제(69~79 재위)로 트라야누스에게 황제의 자리를 물려주고 82세에 사망했으며 반란 평정, 건축, 재정 정비 등 로마 번영에 공헌하였다.

33 이전에는 귀에 익었던 말과 표현도 요즘에는 거의 사용하지 않는다. 옛날에 훌륭했던 사람들의 이름도 지금은 묵은 냄새를 풍긴다. 카밀루스(Camillus)*, 케소(Caeso), 볼레수스(Volesus), 레오나투스(Leonnatus), 스키피오(Scipio), 카토(Cato), 아우구스투스(Augustus)*, 하드리아누스(Hadrianus)*, 안토니누스(Antoninus) 등의 이름이 바로 그것이다.

모든 것은 사라진 후, 단순한 이야깃거리로 남았다가 결국에는 망각 속에 묻히고 만다. 당시에 엄청난 세력과 명성으로 이름을 날리던 사람들도 예외는 아니다. 그들은 모두 숨을 거두자마자 사람들의 기억에서 사라졌고, 누구도 그들에 대해 입을 열지 않는다.

영원한 기억이란 없다. 모든 것이 허무할 뿐이다.

그렇다면 우리가 진정한 노력을 기울여야 할 것은 대체 무엇인가?

그것은 올바르게 생각하고, 공공의 이익과 사회 규범에 맞게 행동하며, 거짓 없이 이야기하고, 모든 일들을 하나의 근본 원리에서 유출되는 필연적인 것으로 받아들여야 한다는 것이다.

*카밀루스(Camillus): 로마의 장군으로 고올인의 습격을 방어하였고 전설적인 영웅 로물루스를 잇는 로마 제2의 건국자로 일컬어졌다.

*아우구스투스(Augustus): 로마의 초대 황제(B.C.30~A.D.14 재위)로 서민 출신. 어머니가 카이사르의 질녀로 아버지가 죽은 후 카이사르의 보호를 받았다. 안토니우스, 레피도우스와 삼두 정치를 시작하면서 반대파를 추방하였다. 집권적 관료 정치 확립, 학문·예술 장려, 토목·건축 실시 등 평화 정책을 일관하였으며 라틴문학의 황금시대를 탄생하게 만들었다.

*하드리아누스(Hadrianus): 로마 황제(117~138 재위)로 5현제(賢帝)의 한 사람이다. 여러 도시의 건설·육성, 공공시설에 힘썼으며, 아테네와 로마에 각종 신전을 건조하였다. 그가 직접 건립한 그의 묘지는 현존하는 로마 건축의 하나로 산탄제로 성에 있다.

34 운명의 직녀 클로토(Clotho)*에게 당신을 내맡기고 그녀가 마음대로 당신이 할당받은 운명의 실을 짜도록 내버려 두라.

*클로토(Clotho): 운명의 세 여신 가운데 클로토는 인간의 삶의 실을 짜고, 라케시스(Lachesis)는 운명을 결정하여 나누어 주며, 아트로포스(Atropos)는 인간이 죽어야할 때 그 실을 끊는다고 한다.

35 기억하는 자든 기억되는 자든, 모두가 하루살이에 불과하다.

36 세상의 온갖 만물은 변화에 의해 생겨나고 있음을 관찰하라. 우주의 본성은 모든 사물과 상황들을 변화시키고 새로운 창조를 거듭하는 데에서 존재한다.

현재 존재하는 모든 사물은 어떤 의미에 있어 미래에 존재할 사물의 씨앗인 것이다. 씨앗을 단순하게 대지나 여성의 자궁에 뿌려지는 것이라고 판단하는 것은 지극히 단순하고 어리석은 생각이다.

37 당신은 머지않아 곧 죽게 될 것이다. 그럼에도 불구하고 당신의 생각은 여전히 단순해지지 못하고 번뇌에 사로잡혀 있으며, 손해를 입지는 않을까 하는 우려에서 벗어나지 못하고 모든 이들에게 자비롭지 못하다. 또한 이성적이고 정당한 행위를 하는 것이 유일한 지혜라는 사실을 모른다.

38 현명한 사람들의 행위를 이끄는 것은 무엇이며, 또한 그들이 피하는 것과 추구하는 것은 무엇인지 주의 깊게 관찰하라.

39 당신이 입었다고 생각하는 손해는 다른 사람의 마음에서 오는 것이 아니며 당신 자신의 육체적 변화나 외적 환경의 변화에서 오는 것도 아니다.

그렇다면 그것은 어디에서 오는 것일까? 그것은 '손해'라는 개념을 만들어 내는 당신의 생각에서 비롯하는 것이다. '손해'라고 하는 생각 자체를 버려라. 그러면 모든 것이 잘 될 것이다. 육체가 약하든, 큰 상처를 입었든, 화상을 입었든, 종양으로 고통을 받든 간에 당신의 마음으로 그것들을 다스리고 치유하라.

그 손해라는 것이 악인이나 선인에게 동등하게 일어날 수 있는 것이라면 악이니 선이니 하고 속단할 수 없다. 자연을 거역하는 사람에게나 순응하는 사람에게나 동등하게 닥쳐오는 것이라면 결코 자연의 목표를 방해하거나 그 목적을 증진시키지도 않기 때문이다.

40 우주를 하나의 실체와 하나의 영혼을 지닌 살아 있는 유기체로 생각하라. 그리고 어떻게 이 모든 사물이 하나의 지각(知覺)에 결부되어 있으며, 하나의 자극에 따라 움직이고 각각의 사건의 인과관계 속에서 자신의 역할을 해낼 수 있는지를 관찰하라. 직조물과 같은 세상의 복잡함, 즉 실타래의 얽히고 설킴에 주의하라.

41 에픽테토스는 말했다.
　"당신은 육체라는 시신을 끌고 다니는 가엾은 영혼에 지나지 않는다."

42 변하는 모든 산물이 선이 아닌 것처럼 변화의 과정 속에 있는 모든 것 등 역시 악은 아니다.

43 시간이란 발생하는 여러 사건들로 이루어진 끊임없는 강물과 같다. 하나의 사물이 나타나는가 하면 곧 과거 속으로 사라져 버리고, 또 다른 사물이 그 뒤를 따라오는가 하면 그것도 곧 흘러가 버리고 만다.

44 우리 눈앞에서 벌어지는 모든 일들은 봄에 장미꽃이 피고 여름에 과일이 열리는 것처럼 지극히 정상적이며 예측이 가능하다.
　이것은 질병이나 죽음, 중상모략뿐 아니라 어리석은 인간들을 기쁘게 하고 괴롭히는 다른 모든 일에도 똑같이 적용되는 이치이다.

45 사물의 연속에 있어, 뒤에 오는 것은 항상 선행하는 것과 밀접한 관계가 있다. 단지 필연적인 순서에 따른 진행이 아니라 합리적인 연관성을 지니고 있다는 뜻이다.

게다가 이미 존재하는 것은 모두 조화로운 관계에 있는 것이므로 앞으로 존재하게 될 사건들도 단순한 연속이 아니라 연쇄적인 기적을 나타내는 것이다.

46 "흙이 죽으면 물이 되고, 물이 죽으면 공기가 되고, 공기가 죽으면 불이 되고, 불이 죽으면 다시 흙으로 순환한다"라고 한 헤라클레이토스의 말을 기억하라.

그의 다른 말들도 늘 상기하면서 교훈으로 삼아야 한다.

"자기가 가는 길이 어디로 통하는지 안중에도 없는 여행자나 가장 가까운 친구와 늘 사이가 좋지 않은 사람들은 매일 그렇게 살면서도 전혀 알아차리지 못한다.", "잠든 사람처럼 행동하고 말해서는 안 된다. 왜냐하면 사람들은 잠들었을 때 상상 속에서 행동하고 말하기 때문이다." 또한 "부모에게 꾸중 듣는 어린아이처럼 행동하지 말라"고 했다.

결론적으로 그의 말은 전통적인 교훈을 맹목적으로 따라서는 안 된다는 것이다.

47 만일 신이 나타나 당신에게 내일이나 모레 반드시 죽는다고 말한다 해도 당신이 극히 천박한 인간이 아닌 이상 그것에 크게 신경 쓰지 않을 것이다. 왜냐하면 내일이나 모레의 차이는 사실 아주 적기 때문이다. 마찬가지로 죽음이 내일 닥치든 몇 년 후에 닥치든 그것을 중요시할 필요는 없다.

48 한번 생각해 보라.

많은 의사들이 병에 걸린 환자들을 눈살을 찌푸리며 굽어보았지만 그들은 결국 죽어 버렸으며, 많은 점성가들이 근엄한 어조로 남의 운명을 예언하였지만 그들 역시 죽어 버렸다.

죽음과 불멸에 대한 해답을 찾느라 전력을 다해 논쟁을 벌이던 철학자들도 모두 죽었고, 무수히 많은 사람들을 죽인 영웅과 장군들도 결국 무의미하게 죽어 버렸다.

마치 자신은 결코 죽지 않을 신이나 되는 것처럼 사람들을 살리고 죽이는 권력을 무자비하게 휘두르던 폭군들, 헬리케·폼페이·헤르쿨라네움처럼 완전히 파괴된 도시와 그 밖의 수많은 도시들의 멸망.

또 당신이 알고 있는 사람들을 하나하나 헤아려 보라. 한 사람이 다른 사람을 매장한 다음 그 사람 역시 죽고 또 다른 사람이 그를 매장한다. 이 모두가 고작 순간에 이루어진 것이니 결국 사람의 일이란 얼마나 덧없고 무상한 것인가? 어제만 해도 한 방울의 점액에 불과했던 것이 내일이면 한 줌의 재로 화하는 경로를 관찰해 보라.

우리는 지상에서의 이 덧없는 순간을 자연에 순응하며 보낸 다음, 순순히 휴식의 상태로 돌아가야 한다. 저 무화과 열매가 자기를 낳고 길러준 대자연에 감사하며 떨어지듯이.

49 파도가 끊임없이 밀려와 부딪혀도 굳건하게 버티고 서 있는 저 바위 언덕을 닮아라. 끄떡없이 버티기만 하면 된다. 그러면 그 거칠던 파도도 이내 잔잔해질 것이다. "이런 일이 닥쳤으니 나는 얼마나 불행한 놈인가?"라고 말하지 말라. 오히려 "이런 일이 일어났지만 나는 행복하다. 나는 고통에서 자유롭고 현재의 시련에 흔들리지 않고 미래의 공포에도 압도당하지 않을 것이기 때문이다"라고 말하라.

누구에게나 뜻밖의 일은 생기기 마련이다. 그러나 모든 사람들이 침착하게 그 상황을 이겨내는 것은 아니다.

따라서 번뇌에 시달릴 때마다 반드시 기억해 두고 적용해야 할 원리가 있다. 즉, "이것은 결코 불행이 아니다. 이것을 잘 참고 견뎌낸다면 오히려 행운이 될 수도 있다"라는 것이다.

50 남달리 삶에 강하게 집착하는 사람들을 떠올려 보라. 도대체 그들이 일찍 죽은 사람보다 나은 점이 무엇인가? 단 한 명의 예외도 없이 언제 어디서든 흙 속에 묻히고 마는 것이다. 카디시아누스, 파비우스, 레피두스, 율리아누스 그 밖의 모든 인간들은 다른 사람들을 묻어주고 자신들 역시 타인에 의해 땅 속에 묻혔다. 결국 그들이 누린 삶은 극히 짧은 것이었다.

살아가는 데 있어 얼마나 많은 난관에 부딪히고 얼마나 많은 관계를 맺고, 또 얼마나 보잘 것 없는 육체로 천신만고 끝에 이 과정을 통과해 가는지를 생각해 보라.

생의 기간에 가치를 두지 말라. 오직 그 뒤에 놓인 무한의 시간과 앞으로 올 영원만을 직시하라. 진리가 이러할진대, 어린애가 영원 속에서 사흘밖에 살지 못하는 것과 3대에 걸쳐 산다는 것이 무슨 차이가 있겠는가?

51 언제나 지름길을 택해 나아가라. 그 짧은 길이란 바로 자연이며, 자연이 가르쳐 주는 길이다. 그리고 모든 행동과 말에 있어 당신을 지배하는 이성에 순응하라.

그것이 번뇌와 투쟁, 거짓된 행동이나 허세로부터 당신을 자유롭게 해 줄 것이다.

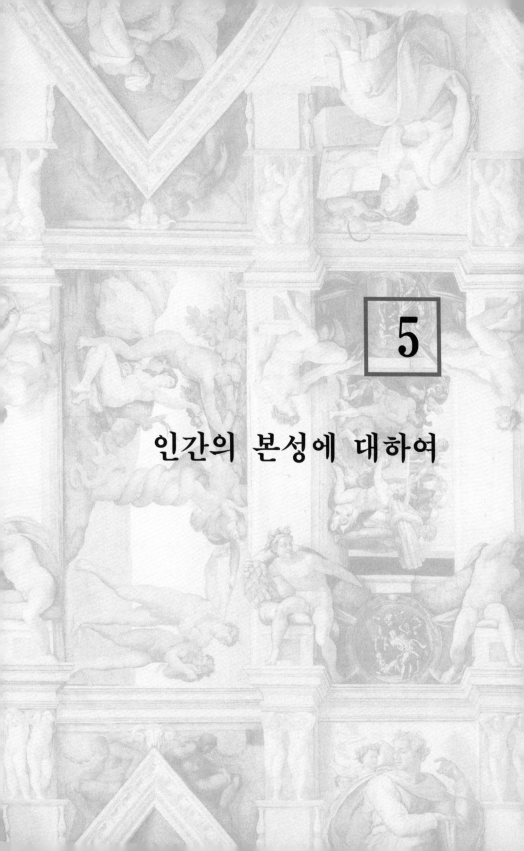

5

인간의 본성에 대하여

1 아침에 눈을 떴는데도 자리에서 일어나고 싶지 않다면 이런 생각을 해보라.

'나는 지금 사람다운 일을 하기 위해 일어나야만 한다.'

내가 이 세상에 태어나 어떤 임무를 수행하기로 되어 있고, 그것 때문에 내가 존재하는데 불평을 해서야 되겠는가? 이렇게 누워 있으려고 태어난 것은 아니지 않는가? 그래도 잠자리에 누워 있는 것이 더 좋다면 당신이 태어난 것은 쾌락을 위해서였단 말인가?

미천한 식물이나 새, 개미, 거미와 꿀벌들을 보라. 그들은 이 우주 속에서 각자 차지한 부분의 질서를 유지하기 위해 정신없이 바쁘다. 반면 당신은 인간으로서의 의무를 수행하기를 거부하고 있다.

물론 휴식을 취하는 것도 필요하다. 그러나 음식을 먹고 술을 마시는 것에도 한계가 있듯이, 휴식에도 자연이 규정한 한계가 있는 것이다. 그런데도 당신은 그 한계를 벗어나 늦잠을 잤고, 이제 그 이상의 것을 취하려고 한다. 그만큼 당신의 수행에 문제가 생기는 것이다.

또한 당신은 당신 자신을 사랑하지 않는다. 만약 사랑한다면 당신의 본성과 그 의지를 사랑해야 할 것이다. 자신의 기술을 사랑하는 기술자들은, 먹는 것과 씻는 것까지 잊어가면서 자신의 소임을 완수하려고 노력한다. 그러나 당신은 선반공이 선반을, 무용수가 무용을, 또는 수전노가 은화를, 명예욕에 혈안이 된 자가 헛된 명성을 좋아하는 것만큼도 자신의 본성을 존중하지 않고 있다. 인간은 누구나 한 대상에 격렬한 애정을 느끼게 되면 그것에 몰두하느라 먹고 마시는 일을 잊기 마련이다.

당신의 눈엔 사회에 대한 봉사에 전력을 다할 가치가 없다고 판단되는가?

2 귀찮고 못마땅한 망념(妄念)들을 말끔히 털어 버리고 난 뒤에 찾아오는 마음의 평화는 인생에 있어서 귀한 위안임에 틀림없다.

3 자연의 본성에 일치하는 언행을 할 수 있는 당신의 권리를 소중히 여겨라. 남들의 비난이나 험담 때문에 주저하거나 마음이 흔들려서는 안 된다. 행하고 말해야 할 것이 있다면 그것이 무엇이든 당신의 권리를 포기하지 말라.

당신에 대해 이렇다 저렇다 비판하는 사람에게는 그 나름의 이유와 그런 비판을 하도록 자극한 충동이 있을 것이다. 그런 것에 마음이 흔들려서는 안 된다. 오직 자신의 본성과 만인의 공통된 본성에 순응하고 적응해 나가도록 노력하라.

4 나는 목숨이 다하는 그날까지 자연의 본성에 순응하며 나아가겠다. 그리하여 내가 매일 들이쉬던 호흡은 그 원천인 대기 속에 반환할 것이며, 내 신체 역시 대지에 묻히리라. 그 대지에서 나의 아버지는 씨앗을 얻었고, 나의 어머니는 피를 취했고, 내 유모는 젖을 취했다. 대지는 내게 오랜 세월 동안 하루도 빠짐없이 먹을 것을 공급해 주었고, 내가 그 위를 밟고 다니며 목적을 위해 무자비하게 썼음에도 불구하고 여전히 나를 허용하고 품어 주었다.

5 당신에게는 세상 사람들이 말하는 뛰어난 재주가 없을지도 모른다. 그러나 그런 것은 아무 상관없으니 개의치 말라. 당신은 "그런 것에는 소질이 없습니다."라고 말할지 모르지만 당신에게

는 미처 깨닫지 못한 숨겨진 자질이 있을 것이다. 이 자질을 계발하라.

이러한 자질은 성실성, 존엄, 근면성, 절제할 줄 아는 성품 속에 있다. 당신은 이 순간 불평하지 않고 검소하고 사려 깊고 솔직하며, 행동과 말을 온화하게 하는 것이 얼마나 많은 자질을 가질 수 있게 하는지 깨달아야 한다. 따라서 그런 장점을 발휘할 능력이 없다느니, 소질이 없다느니 하는 말은 결코 해서는 안 된다.

하지만 당신은 스스로 저급한 차원에 머물러 있으려고 한다. 다투고, 탐하고, 인색하고, 아첨하고, 불평하고, 비굴하고, 교만하고, 걷잡을 수 없이 방황하며 불안해하는 것이 정말 당신의 타고난 능력이 부족하기 때문인가?

결코 그렇지 않다. 아니, 어쩌면 당신은 벌써 오래전에 이런 것들에서 탈출할 수 있었을 것이다. 단지 이해가 늦고 행동이 둔했을 따름이다. 하지만 이러한 결점도 당신이 혼신의 힘을 다해 고치고자 노력한다면 곧 사라질 것이다.

6 어떤 사람은 남에게 봉사를 해 주고 나서, 마치 커다란 은혜라도 베푼 것처럼 자기 장부에 기록을 해 둔다. 또 어떤 사람은 기록은 하지 않더라도 마음속으로 그 상대방을 채무자로 간주하고 자기가 베푼 일을 항상 기억하고 있다.

그러나 이들과 달리 자기가 베푼 것을 전혀 염두에 두지 않는 사람도 있다. 마치 포도송이를 맺게 한 포도나무처럼 생산을 하고서도 아무것도 바라거나 구하지 않는 것이다. 전력을 다해 달리고 난 뒤의 말이, 사냥감을 물고 돌아온 사냥개가, 꿀을 만드는 벌꿀이 감사를 기대하지 않듯이, 선행을 베푼 사람은 절대 그것을 과시하지 않는다. 그리고 포도나무가 다음 해의 포도를 맺기 위해 준비를 하듯이 곧장 다음의 선행으로 옮겨간다.

당신은 아마 이렇게 질문할 것이다.

"그럼 인간도 포도나무나 벌처럼 무의식적으로 일해야 한다는 말입니까?"

물론 인간에게 자기 행동에 대한 인식 그 자체는 반드시 필요하다. 왜냐하면 자신의 행동이 사회적인 것이라는 인식은 스스로 사회적인 동물이라는 표시인 동시에 특성이기 때문이다.

당신은 또 반문할 것이다.

"하지만 사회가 그런 행위를 알아주었으면 하는 소망을 갖는 것도 사회적 동물의 표시 아닙니까?"

분명 맞는 말이다.

그러나 당신은 이 말을 잘못 이해하고 있다. 당신은 스스로를 앞서 열거한 인간들과 같은 부류로 타락시키고, 고식적인 논리로 잘못 인도하고 있는 것이다.

그러나 당신이 내 말의 진정한 뜻을 이해하고자 한다면, 그것만으로도 당신이 '어떤 사회적 의무를 저버리는 행위를 하지는 않을까'라는 두려움은 갖지 않게 될 것이다.

7 "오, 제우스 신이시여! 산과 평야에 비를 내려 주소서!"

이것은 아테네인들의 기도이다. 기도란 처음부터 하지 말든지, 하려거든 이렇듯 단순하고 소박해야 한다.

8 전설에 의하면 애스쿨라피우스(Aesculapius)*는 어떤 사람에게는 승마를, 어떤 사람에게는 냉수욕을, 또 어떤 사람에게는 맨발로 다니라는 처방을 내렸다고 한다.

우주의 본성은 이와 같은 방법으로 어떤 사람에게는 질병과 불구, 또 어떤 사람에게는 상실감을, 혹은 또 다른 무능력을 처방했다.

전자의 경우, 처방은 환자의 건강 회복을 위한 특별한 치료법을 지시한 것이다. 그리고 후자의 경우, 모든 사람에게 일어날 수 있는 개별적인 일들이 각각의 운명에 따라 미리 준비된 것이다. 이는 마치 석공이 벽이나 피라미드를 쌓을 때 네모난 돌들이 착착 들어맞는 것처럼 우리의 운명과 '합치되었다'라고 말할 수 있을 것이다.

실제로 이 세계는 전체적으로 하나의 조화를 이루고 있다. 수많은 개체들이 모여 하나의 현존하는 완성체를 이루듯이 수많은 원인들이 결합되어 하나의 우주적 원인이 된다. 그것이 바로 운명이다. 누군가가 "마침내 올 것이 왔다"라고 말한다면, 그 사람은 이미 자신의 운명을 깨닫고 있는 것이다. 즉, 그것은 그에게 처방된 것이었고, 따라서 우리는 애스쿨라피우스의 처방을 받아들이듯, 각자에게 예고된 이런 현상들을 받아들여야 한다. 비록 그 처방들 중에는 못마땅한 것도 있겠지만, 건강을 위해서라는 마음으로 기꺼이 받아들여야 하는 것이다.

자연의 명령을 수행하고 완성할 때에는 자신의 건강을 돌보듯이 임해야 한다. 또한 일어나는 일이 불쾌하고 마음에 들지 않더라도 항상 기쁘게 받아들여야 한다. 왜냐하면 그것은 우주의 건강에 이로우며, 우주 자체를 행복과 선행으로 인도하기 때문이다. 만약 그것이 전 우주를 위한 것이 아니라면, 자연은 어느 누구에게 그 어떤 운명도 주지 않을 것이다. 자연은 자신이 지배하는 것에 무언가를 부여할 때는 반드시 그 대상에 이롭도록 고안한다.

당신에게 일어나는 일에 대해 만족해야 하는 두 가지 이유가 있다.

첫째, 그것은 당신을 위해 발생했고, 또 당신을 위해 처방되었으며, 당신과 관련된 것이기 때문이다.

둘째, 당신에게 일어나는 일이란 운명이 우주를 지배하는 섭리의 증진과 완성, 생존을 위해 당신 몫으로 특별히 마련해 두었기 때문이다.

이처럼 발생하는 모든 일은 우주를 지배하는 힘의 원천이 되는 것이다. 지속적인 연관 과정에서 어느 한 개의 분자를 떼어 버리는 것은 전체에 손상을 입히는 행위이다. 따라서 당신이 불만에 사로잡힌다는 것은, 당신의 능력이 허락하는 한도 내에서 우주와의 단절과 파괴를 범하는 것이 된다.

*애스쿨라피우스(Aesculapius): 그리스 신화에 나오는 의술의 신으로, 마르쿠스는 여기서 그를 의학적인 컨설턴트로 언급했다. 그를 최초로 언급한 사람은 호머로 단순히 '훌륭한 외과의사'라고 표현했다.

9 올바른 원리원칙에 따라 일을 추진했음에도 불구하고 실패했다면, 그것을 괴로워하거나 불평하지 말라. 그럴 때에는 다시 처음부터 시작하되, 당신의 행위가 인간의 본성에 어긋나지 않았다면 그것으로 만족하라.

그리고 언제든 의존할 수 있는 철학에 대한 순수한 사랑을 간직하라. 이때에는 스승을 찾아가 섬기듯 하지 말고, 눈병이 난 사람이 해면이나 달걀을 사용하듯, 또는 환자가 고약을 붙이고 찜질을 하듯 해야 한다. 그렇게 하면 당신은 이성에 순응하는 것에 실패하지 않고 그 안에서 안정과 신뢰를 얻게 될 것이다.

또한 철학은 오직 본성이 요구하는 것만을 희구한다고 해도, 정작 당신은 자연의 본성을 거스르는 그 무엇을 찾고 있었다는 점을 인정하라.

그러면 다음과 같은 회의가 생길 것이다.

"그렇다면 지금 내가 하고 있는 것보다 더 나은 것은 무엇이란 말인가?"

이것이 바로, 쾌락이 당신을 기만하고 있다는 증거다.

영혼의 고매함이 더 유쾌하다고 생각하라.

관용과 자유와, 소박함과, 마음의 평정과, 겸허가 보다 유쾌하지 않겠는가? 이해와 지식의 기능에 기초한 모든 사물의 안정과 행복한 진행 과정을 생각할 때, 도대체 지혜 그 자체보다 더 적절하고 유쾌한 것이 무엇이란 말인가?

10　우주 만물의 진리는 모호함 속에 숨어 있기 때문에, 학식이 뛰어난 철학자들조차도 극히 불가해한 것으로 파악하고 있다. 심지어 스토아학파들도 정의를 내리지 못했다. 또한 그것은 여러 난관에 둘러싸여 있고 시시각각 변하기 때문에 우리의 지적인 결론도 늘 오류를 범하는지 모른다. 하지만 오류를 범하지 않는 인간이 어디 있겠는가?

그렇다면 방향을 바꾸어, 보다 물질적인 것들에 대해 생각해보자. 이 물질적인 것들이란 얼마나 덧없고 무가치한 것인가? 그런 것들은 불결한 탕자나 도둑이나 창녀들조차도 소유할 수 있는 것이다.

한편 당신과 함께 생활하고 교제하는 사람들의 덕성을 살펴보라. 자신의 자아도 참고 견뎌내기는 매우 힘들 것이다. 그러니 이 암흑과 진흙탕 속에서, 물질과 시간의 끊임없는 유전(流轉) 속에서, 빠르고 다양한 변화 속에서 과연 가치 있고 존중할 만한 것, 진지하게 추구할 탐구의 대상이 무엇인지는 도무지 상상조차 할 수 없다.

따라서 우리들이 해야 할 일이란, 용기를 갖고 다가오는 죽음을 조용히 기다리는 것이며, 다음의 두 가지 원리를 생각하면서 위안을 찾는 것이다.

첫째, 우리에게 일어나는 일은 필연적으로 우주의 본성과 일치하는 것이다. 둘째, 나의 내부에는 신과 내 자신의 영혼에 어긋나는 일은 결코 하지 않는 능력이 있다. 왜냐하면 나로 하여금 그런 일을 강제로 시킬 사람은 아무도 없기 때문이다.

11 "나는 지금 내 영혼을 어디에 사용하고 있는 것일까?"

모든 행위에 앞서 이같은 의문을 갖지 않으면 안 된다.

또 이렇게도 자문해 보아야 한다.

"이른바 나를 지배하는 부분으로 일컬어지는 내 이성은 지금 무슨 생각을 하고 있는가? 이 순간 내 안에 누구의 영혼이 머무르고 있는가? 어린아이의 영혼인가? 젊은 청년의 영혼인가? 여인의 영혼인가? 폭군의 영혼인가? 야수의 영혼인가?"

수시로 자문해 보라.

12 '선'이라는 일반적인 개념은 다음과 같은 방법으로 인식할 수 있다.

사람들이 선입관에 얽매여 신중함과 절제, 정의와 강직함 같은 것을 지닌 사람을 선이 있는 것으로 판단한다면, 그처럼 많은 선에 대한 비웃음에 귀 기울이지 못할 것이다.

반면, '선'을 구성하는 것에 대해 일반적인 개념을 가지고 있다면, 그는 빈정거리는 말도 기꺼이 감사하며 그 재능을 발견하는 데 어려움을 느끼지 못할 것이다.

13 '나'는 형식적인 요소와 물질적 요소로 구성된 존재이다. 그리

고 이 구성 분자는 모두 무(無)에서 비롯된 것이 아니므로 무로 소멸할 수 없다.

결론적으로 나의 각 부분은 변화를 통해 우주로 환원될 것이며, 그것이 또 다시 변화를 거쳐 우주의 다른 부분이 되고, 그런 식으로 영원히 계속될 것이다.

그와 같은 변화에 의해 나 역시 존재하게 되었고, 나를 태어나게 한 어머니도, 그리고 그 위로 거슬러 올라간 세대도 마찬가지이다.

14 이성과 철학은 그 스스로 충분한 능력을 지니고 있다.

이것들은 그 자체에 존재하는 원천으로부터 최초의 원동력을 얻는다. 그리고 스스로 정한 목표를 향해 곧바로 나아간다. 따라서 이 같은 행동은 '올바른 행동'이라 불리며, 그것은 가야 할 길에서 한 치의 어긋남도 없이 진행함을 의미한다.

15 인간에게 속하지 않은 것이라면, 그것이 어떤 속성이든 인간의 것이라고 말할 수 없다. 그것들은 인간에게 필요하지도 않은데, 이는 인간의 본성이 그 같은 것을 약속하지도 않았으며 그로 인해 완성된 것도 아니기 때문이다. 또한 그것들은 인간의 본성이 자기 목적 달성을 위해 필요로 하는 수단도 되지 못한다. 따라서 인간의 목적은 그런 것들 속에 존재하지 않으며, 그 목적에 도달하기 위한 수단인 선도 나타내지 않는다.

만일 인간이 그러한 속성을 지니고 태어났다면, 이를 경멸하고 반대할 수는 없었을 것이다. 그리고 그런 것들 없이 지낼 수 있는 능력을 지녔다 하여 칭찬받지도 않았을 것이다. 또한 그것들을 참된 선이라고 인정하면서도, 실제로는 그 진가를 인정하지 않는 행위 역시 마찬가지일 것이다. 그러나 사실은 이런 것들을 제거하거나, 제거하려고 노력한 사람일수록 더욱 선량한 사람으로 성장하게 된다.

16 당신이 생각하는 사념(思念) 여하에 따라, 당신의 정신적 성향이 결정된다. 왜냐하면 정신과 영혼은 사상과 사고에 의해 물들여지기 때문이다.

당신의 정신과 영혼을 다음과 같은 생각들로 채색해 보라. 예컨대, 인간은 어디서든 선량하게 살 수 있다. 따라서 궁전에서도 선량한 생활을 할 수가 있다.

또한 모든 사물은 창조 이면에 존재하는 목적이 결정하는 방향에 따라 발전한다. 그리고 그것이 나아가는 방향에 도달점이 있고, 그 목적이 있는 곳에 각 사물의 이익과 복지가 있다. 이성을 지닌 인간에게 있어 복지는 바로 사회이다.

인간이 사회를 위해 만들어졌다는 것은 명백한 사실이다. 이러한 이성이 있는 인간이 이상으로 삼아야 할 선은 바로 이웃과의 평화이다. 또한 생명을 지닌 것은 생명을 지니지 않은 것보다 우월하며, 생명을 지닌 것 중에서 가장 우월한 것은 이성을 지닌 존재이다.

17 불가능한 것을 얻고자 하는 행위는 미친 짓과 같다. 그럼에도 불구하고 지각없는 자들은 그런 짓을 되풀이한다.

18 우리에게 본성의 힘으로 견뎌내지 못할 일은 결코 일어나지 않는다. 다만, 자신에게 일어난 일을 제대로 알아차리지 못하거나, 혹은 비상한 용기와 정신력을 과시하고 싶은 마음에 위축되지 않

기 위해 그저 버틸 뿐이다. 따라서 그와 같은 무지나 허세가 지혜보다 더 강하다고 생각하는 것은 수치스러운 일이다.

19 외부에 있는 사물 그 자체는 영혼과 조금도 접촉할 수 없다. 또한 영혼은 다른 방향으로 돌리거나 옮길 수도 없다. 그러나 영혼은 스스로의 힘으로 자기 자신을 전환시키고 움직일 수 있으며, 적절한 사고와 판단으로 사물을 분별하고 적용한다.

20 인간들에게 선을 베풀어야 하고 그들의 결점이나 과오를 참아내야 한다고 생각할 때, 인간은 내게 가장 가깝게 인식된다. 그러나 어떤 사람들이 내 본연의 행위를 가로막거나 방해하면 인간은 내게 있어 태양이나 바람, 야수처럼 선택의 여지도 없이 전혀 무관한 존재가 된다.

   물론 다른 사람들이 내 활동을 방해하는 것은 사실이지만, 그때그때 환경과 조건에 따라 작용하고 변화하는 능력을 지닌 내 감성이나 이성에는 장애가 되지 못한다. 왜냐하면 나의 의지와 기질은 늘 자제되어 스스로를 보호하고 그 환경에 적응하기 때문이다. 따라서 내 행동을 방해하는 것은 오히려 촉진제가 되며, 내 길을 가로막는 장애물은 내 본성에 따라 전진하는 데 도움이 된다.

21 우주에서 가장 고귀한 것을 존중하고 섬겨라. 그것이 만물을 돌보고 지배하는 것이다. 이와 마찬가지로 당신 자신에게 있어 최고의 것, 가장 고귀한 부분을 존중하라. 그것 역시 우주의 이치와 일치되는 것이다. 왜냐하면 그것은 당신 속에 있는 모든 것을 돌보고 지배하며, 당신의 삶 또한 그것에 의해 통제되기 때문이다.

22 사회에 해가 되지 않는 것은 그 구성원인 국민에게도 피해를 주지 못한다. 그럼에도 불구하고 자신이 무언가 피해를 입었다고 느껴진다면, '만일 이 사회가 피해를 입지 않았다면 나도 피해를 입지 않았다'는 원칙을 상기하라.

그러나 만일 사회가 실제로 피해를 입었다고 해도, 결코 그 해를 입힌 자에 대해 분노하지 말고, 잘못된 점을 찾아 지적해 주어라.

23 지금 눈앞에 존재하는 사물이나 새로 생겨나는 사물이 얼마나 빨리 우리 곁을 스쳐 지나가는지를 상기하라.

실체란 쉼 없이 흐르는 강물과 같으며, 사물의 활동은 끊임없는 변화이다. 그 활동은 영원한 변화를 가져오는 것이고, 그것의 원인 또한 영원한 변화를 거듭하는 것이다. 결국 이 세상에 정지해 있는 것이란 아무것도 없다. 모든 것이 영원 속으로 사라져 버리는, 과거와 미래라는 이 무한의 심연(深淵)을 생각하라.

따라서 주위의 것들이 마치 영원히 변하지 않을 것처럼 생각하거나, 고통이 영원히 계속될 것처럼 고뇌하고 실의에 빠져있는 자는 참으로 어리석다.

그런 것들이 당신을 괴롭히는 것은 오직 한순간이며, 순식간에 지나가 버린다는 사실을 기억하라.

24 우주의 총체적인 모습을 그려 보라. 당신은 그 속에서 극히 일부분만을 차지하고 있다. 우주의 무한한 시간 중 더 이상 쪼갤 수 없을 정도의 극히 짧은 순간만이 당신에게 할당된 양이다.

또한 운명에 의해 결정된 것들을 생각해 보라. 그중에서 당신이 차지하고 있는 부분이 얼마나 작고 보잘 것 없는 것인가!

25 다른 사람이 당신에게 잘못을 저지르고 있는가? 그렇다면 그것은 당신과는 무관한 것이며, 오히려 그 사람이 고려해야 할 문제이다. 그의 기분과 그의 행동은 어디까지나 그에게 속한 문제이다.

당신은 지금 우주의 섭리가 받아들이라고 하는 것을 받아들일 뿐이며, 본성이 원하는 행동만을 하고 있을 뿐이다.

26 쾌락이든 고통이든 육체의 감성이 영혼을 교란시키도록 방치하지 말라.

영혼을 육체의 감성과 결부시키지 말고 감성의 적당한 영역 내에서 국한시켜라. 그러나 만일 그러한 감성이 마음속에 생겨난다면, 굳이 그 육체적인 감각을 뿌리치려고 애쓸 필요는 없다. 단지 이러한 감각들을 선이나 악으로 판단하는 일만은 삼가야 한다.

27 신들과 더불어 살아가라.

신들과 같이 산다는 것은, 그들이 당신에게 부여한 것에 만족하고, 순순히 받아들이고, 이행하고 있음을 끊임없이 신들에게 보여주는 것이다.

28 겨드랑이에서 고약한 냄새가 나거나 입에서 악취가 나는 사람에게 화가 나는가? 하지만 그러한 분노가 당신에게 무슨 소용이 있겠는가? 그의 겨드랑이가 그렇고 그의 입이 그러한 것을. 만약 상황이 그럴 수밖에 없었다면, 악취 역시 당연한 것이다.

그러나 어찌 됐든 그에게도 이성이 주어졌고, 그가 조금이라도 이런 사실을 고려해 본다면 무엇이 다른 사람을 역겹게 하는지 충분히 알 것이라고 생각하라. 그것이 옳은 생각이다.

또한 당신도 이성을 부여받은 사람이다. 당신의 이성으로 그 사람을 설득하여, 그로 하여금 당신과 같은 이성을 갖도록 설명하고 훈계하라.

만약 그가 당신의 말에 귀 기울인다면, 당신은 그를 바로잡는 셈이니 분노할 필요도 없는 것이다.

29 저승에 가서 이러저러하게 살고 싶다고 생각하는 사람은, 이승에서도 그 삶을 실현할 수 있을 것이다.

그러나 만일 사람들이 그대로 하여금 그 같은 삶을 허용하지 않는다면 그 즉시 이 세상을 떠나라. 단, 어떤 박해를 받았다는 생각은 하지 말라. 그저 '방에 연기가 자욱하여 밖으로 나가는 것' 쯤으로 여겨라. 수선을 떨 필요는 없다.

그러나 누군가가 그런 식으로 나를 내쫓지 않는 한, 나는 자유로이 이 집안에 머물러 있겠다. 주인은 바로 나이기 때문이다. 그 누구도 나의 선택을 방해하지는 못한다. 나는 이성적이고 사회적인 동물의 본성에 맞는 삶을 선택하고 행동할 것이다.

30 우주의 이성은 사회적인 것이다. 따라서 우주는 보다 우월한 것을 위해 열등한 것을 만들었으며, 또 우월한 것끼리 서로 조화를 이루도록 해 놓았다.

우리가 알고 있듯이 우주의 이성은 각각의 사물에 저마다의 가치를 부여했으며, 질서를 세우고, 격식을 주고, 적당한 위치를 지정해 놓았다.

31 당신은 지금까지 신들에 대해, 부모, 형제, 자녀, 스승, 친구, 친척, 하인들에게 어떻게 처신해 왔는가? '말이나 행동에 있어 어느 누구에게도 누를 끼친 바가 없다'라는 말이 나올 수 있도록

행동해 왔는가?

또 당신은 오늘날까지 얼마나 많은 것들을 경험했으며, 얼마나 많은 것들을 참아냈는지 생각해 보라. 당신의 한 생애가 끝나고 타인에 대한 봉사도 막을 내린 지금, 그동안 얼마나 많은 아름다운 것들을 봐왔으며, 얼마나 많은 고통과 쾌락을 경멸해 왔는지, 또 멸시의 눈으로 바라본 수많은 영광, 그리고 못되고 경박한 인간들에게 보여 준 그 많은 친절과 배려를 돌이켜 보라.

32 미숙하고 무지한 사람들이, 어떻게 유능하고 현명한 사람들을 당황하게 할 수 있을까?

그런데 진실로 유능하고 현명한 영혼의 소유자란 누구를 의미하는가? 그것은 우주의 시작과 끝을 알고, 모든 실체에 널리 퍼져 있으며, 일정한 주기에 따라 영원히 우주를 다스리는 이성을 아는 영혼은 오직 신뿐이다.

33 머지않아 당신의 육체는 앙상한 뼈만 남아 끝내는 한 줌의 재가 될 것이다. 그리고 남는 것이라곤 이름 뿐, 아니 그 이름조차도 금세 사라질 것이다.

인간들이 인생에서 소중히 여기는 것들은 모두 공허하고 헛된 것이다. 인간들은 서로를 물어뜯는 강아지나, 싸웠다가는 금방 웃고 또 금방 울음을 터뜨리는 어린애와 다를 바 없다.

믿음과 겸양과 정의와 진리는 '험악한 대지를 떠나 멀리 올림포스 산으로 올라'* 그 자취를 감추고 말았다. 그럼에도 당신을 아직까지 이 지상에 붙잡아 두고 있는 것은 무엇인가?

감각의 대상이란 수시로 변하고 잠시도 머물러 있지 않으며, 쉽게 오도되고 둔해지는 것이다. 가엾은 영혼 그 자체도 피에서 증발된 증기에 불과한 것인데, 이 같은 상황 속에서 명성과 찬양은 공허할 따름이다.

종말이 소멸이거나 혹은 다른 상태로의 이동이라 해도 상관없다. 당신은 그저 평온한 마음으로 기다리면 된다. 그렇다면 그 종말이 닥쳐올 때까지 필요한 것이란 대체 무엇인가? 그것은 바로 신을 경배하고, 다른 사람들에게 선행을 베풀며, 인내와 자제력을 키우고 정진하는 것이다. 그러나 자신의 허약한 육체와 호흡의 한계를 넘어선 무엇이든 당신의 것이 아니며, 또한 당신의 능력에 속하는 것도 아님을 기억하라.

* '험악한 대지를 떠나 멀리 올림포스 산으로 올라' : B.C. 8세기경 고대 그리스 서사시인 헤시오도스(Hesiodos)의 시구.

34 만일 당신이 올바른 길로 나아가고 자연의 순리에 따라 생각하고 행동한다면, 당신의 여생은 평온하게 흘러갈 것이다.

인간과 신의 영혼, 모든 이성적 존재의 영혼에는 두 가지의 공통점이 있다.

첫째는 외적인 요소에 의해 절대 방해를 받지 않는다는 것.

둘째는 정의와 선의 자질과 그 실천에 전력을 기울인다는 것이다. 그리고 이것만이 당신의 욕망을 자제할 수 있다.

35 만일 이것이 내 잘못이 아니고 내 잘못의 결과도 아니며 또한 사회 질서에 해악을 끼치는 것도 아니라면, 그 일에 신경을 쓸 이유가 어디 있겠는가? 또 그것이 사회에 어떤 해악을 끼칠 수 있겠는가?

36 당신의 능력이 허락하고, 그럴 만한 가치가 있는 일이라면 도

움이 필요한 사람들을 도와 주어라.

그러나 만일 무분별하게 이끌린 것이 도덕적으로 별로 중요하지 않다면, 그들이 상처를 입었다고 생각하지 말라. 그것은 옳은 생각이 아니다. 그럴 때에는 옛 노인처럼 행동하라. 그 노인은 세상을 떠날 때 노예 소녀의 팽이가 필요 없음에도 그것을 소중한 보물로 인정하고 굳이 달라고 청했다.

나는 한때 행운을 잡았던 사람이었으나, 그것을 잃어버리고 말았다. 그것이 어떤 것이었는지는 나도 모른다. 그러나 나는 행복하다. '행복하다'는 감정은 나 자신에게 스스로 부여하는 것이다.

나는 이제까지 행운의 총아였다. 행운이란 영혼의 선한 기질이며, 선량한 감정, 선량한 행위인 것이다.

노인은 소녀에게 있어 그 팽이는 아주 소중하고 귀중한 보물이라고 생각했던 것이다. 이와 마찬가지로 마르쿠스는 다른 사람의 어려운 처지를 보면 동정해야 한다고 말했다. 실제로 아무런 피해를 입지 않았다고 해도 그렇게 해야 한다는 것이다.

6

자연의 순리에 대하여

1 우주의 실체는 온순하고 유연하다. 그리고 우주를 지배하는 이성은 전혀 악을 저지를 동기를 갖고 있지 않다. 왜냐하면, 그 이성은 악의를 품지 않고, 악을 저지르지 않으며, 아무것에도 손상을 입히지 않기 때문이다. 만물은 이 이성에 따라 생성되고 완성된다.

2 당신이 자기 의무를 수행하고 있다면 춥든 덥든 졸리든 잘 잤든 남에게 욕을 먹든 칭찬을 받든 죽을 지경이든 그 밖의 다른 난처한 지경에 이르렀든 개의치 말라. 왜냐하면 죽는다는 것도 인생 행위의 하나이기 때문이다. 그러므로 이런 행위에 있어서도 눈앞에 닥친 일을 잘 처리하면 그것으로 충분하다.

3 내면을 잘 살펴보라. 그것이 무엇이든 고유의 성질과 가치를 간과하는 일이 없도록 하라.

4 우리의 눈앞에 보이는 것은 모두가 재빨리 변하여 사라져 버리거나 정녕 모든 실체가 하나라면 분산되어 버릴 것이다.

5 지배자의 입장에 있는 이성은 자신의 성향을 알고 있으며 자기가 무엇을 하고 어떤 자료를 가지고 그 일을 하고 있는지 알고 있다.

6 최선의 복수는 상대방이 자기에게 저지른 악을 행하지 않는 것이다.

7 언제나 신을 생각하고 남을 위해 행동하는 데서만 즐거움과 평

안을 찾으라.

8 지배적인 원리는 스스로 자각하고, 방향을 전환하며, 원하는 대로 자기를 형성하고, 세상에서 일어나는 모든 일을 자기가 원하는 무대로 나타나게 하는 원리다.

9 모든 일은 우주의 본성에 따라 이루어진다. 그것은 외부에서 우주의 본성을 포함하는 자연이나 내부에서 우주의 본성에 포함되어 있는 자연, 또는 이러한 본성 밖에 독립되어 있는 자연에 따라 이루어지는 것은 아니다.

10 우주는 혼란스럽고 뒤죽박죽이고 흩어져 있는가, 아니면 통일되어 있고 질서정연하고 섭리가 작용하고 있는가? 만일 전자라면 무엇이 좋아서 나는 이런 혼잡하고 혼돈된 속에 머물러 있는가? 드디어 '흙으로 돌아가는'(호머-일리아스 7, 99에서 인용한 문장) 것밖에 관심을 가질 일이 없는가? 무엇 때문에 마음에 불안을 느낀단 말인가? 내가 무슨 일을 하든 끝내는 나를 구성하고 있는 원소들이 흩어져버릴 것은 뻔한 일이다.
  그러나 만일 후자라면, 나는 경건한 생각에 충만하여 똑바른 자세로 이 지배자를 신뢰해야 한다.

11 주위 환경 때문에 어쩔 수 없이 흐트러졌을 때에는 재빨리 자기 자신으로 되돌아와서, 필요 이상으로 당황하지 않도록 하라. 언제나 자기 자신으로 되돌아갈 때 당신은 조화를 더욱 잘 유지할 수 있을 것이다.

12 만일 당신의 계모와 생모가 함께 생존해 있다면, 당신은 계모를 섬기면서도 더욱 자주 생모의 곁으로 돌아가려고 할 것이다. 궁정과 철학은 당신에게 이와 같은 관계에 있다. 후자에게 자주 돌아가 거기서 쉬도록 하라. 그렇게 하면 당신이 궁정에서 겪는 일도 참을 수 있고 또 당신 자신도 궁전 안에서 괴팍한 사람이 되지 않을 것이다.

13 고기로 만든 요리나 그 밖의 음식에 대하여, 이것은 물고기의 시체고, 이것은 새 또는 돼지의 시체라는 관념을 갖는다. 팔레르누스 산(產)의 포도주는 포도송이의 즙이라든지, 자주색으로 가장자리를 두른 옷은 조개를 염료로 해서 염색한 양털에 지나지 않는다든지 하는 관념을 갖게 된다. 그리고 동침할 때에는 성기의 마찰과 어느 정도의 경련이 따르는 점액의 분비라는 관념을 갖게 된다.

그런데 이러한 관념은 사물 자체에 도달하고 그 핵심에 침투하여 그 사물의 정체를 알게 된다. 이와 마찬가지로 당신도 일생을 통하여 이와 같은 태도로 행동해야 한다. 즉 사물이 가장 찬양할 만한 것으로 보일 때에는 이것을 적나라하게 관찰하고, 그것이 보잘것없다는 것을 알고 이 사물을 추켜세우는 이유를 박탈해버려야 한다. 왜냐하면 자부는 무서운 궤변자며, 당신이 가치 있는 일을 하고 있다고 확신할 때 당신은 그 속임수에 가장 걸려들기 쉽다. 그러므로 크라테스*가 크세노파네스에게 한 말을 상기하라.

*크라테스: 그리스 테베생으로 플라톤 학파의 철학자. 크세노파네스에게 무슨 말을 했는지는 전해지지 않는다.

14 대중이 존중하는 것의 대부분은 가장 일반적인 것으로, 어떤

물리적인 상태에 의해 결합되어 있거나 또는 자연의 통일에 의해 결합되어 있는 것이다. 예를 들면 들, 나무, 무화과, 포도, 감람나무 등이다. 좀더 사리를 분간하는 사람들이 존중하는 것은 예컨대 양이 소떼처럼 생명에 의해 결합되어 있는 것이다.

더욱 교양 있는 사람들이 존중하는 것을 이성이 있는 영혼에 의해 결함된 것에 속하는 것이다. 그러나 이것은 보편적인 이성을 갖고 있는 영혼을 말하는 것이 아니라, 어떤 기술에 정통하거나 그 밖의 분야의 숙련자이거나 또는 단지 많은 노예를 소유하고 있는 영혼을 말하는 것이다.

그런데 이성적이고 보편적이며 사회적인 영혼을 존중하는 사람은 다른 어떤 것에도 관심이 없고, 무엇보다도 먼저 자기의 영혼이 그 자체에 있어서나 그 활동에 있어서 이성적, 보편적, 사회적인 것이 되도록 유의하며, 자기와 같은 동료들과도 협력하여 이 목적을 달성하기 위해 노력한다.

15 어떤 것은 존재를 서두르고, 어떤 것은 사멸을 서두른다. 새로 생겨난 것도 이미 부분적으로는 사멸을 겪고 있다. 그칠 줄 모르는 시간의 흐름이 영원한 세월을 언제나 새로 보유하는 것처럼, 유전(流轉)과 변화가 세계를 끊임없이 새롭게 한다.

모든 것을 휩쓸 때 흘러가는 이 흐름 속에서 우리는 무엇을 존중할 수 있단 말인가. 그것은 마치 우리 옆을 날아가는 참새 중의 한 마리를 사랑하는 것과 마찬가지다. 그 참새는 벌써 시계(視界) 밖으로 날아가 버린 것이다.

각자의 생명 자체도 피에서 증발되고 공기에서 흡수된 것과 같다. 왜냐하면 마치 우리가 한번 공기를 들이마시고 내뱉는 것처럼(그것은 우리가 순간순간 하고 있는 일이지만) 어제 또는 그저께 당신이 태어날 때 받은 모든 호흡 기능을, 처음에 당신이 숨을 들이마신 대기에 되돌려주는 것(죽음)과 같기 때문이다.

16 식물처럼 호흡하거나, 가축 또는 들짐승처럼 호흡하거나, 감각을 통해 인상을 받거나, 충동대로 움직이거나, 떼를 지어 모여들거나, 음식을 먹거나 하는 일은 아무 가치도 없다. 그것은 음식의 찌꺼기를 배설하는 것과 같은 일이다.

그러면 무엇이 가치 있는 것인가? 박수갈채를 받는 것인가? 아니면, 인구에 회자되는 것인가? 그렇지 않다. 왜냐하면 대중의 칭찬은 혀끝에서 나오는 것에 불과하기 때문이다. 당신이 무가치한 명예도 버렸다면 무엇이 가치 있는 것으로 남는가? 내가 생각하기에는 당신의 고유한 본질에 따라 활동하거나 혹은 활동을 자제하는 것이다. 모든 직업이나 기술도 거기에 목적을 둔다. 모든 기술의 목적은 만들어진 모든 것이 제 기능을 갖도록 하는 데 있다. 포도를 기르는 자나 망아지를 길들이는 자, 또는 개를 훈련하는 자도 이러한 목적을 추구한다. 또한 어린이의 교육법과 교수법도 그 목적을 향해 나아간다. 이것이야말로 가치 있는 일이다.

이것을 잘 이해한다면, 당신은 자기 자신을 위해 앞에서 말한 것 이외의 일은 추구하려고 하지 않을 것이다. 혹시 당신은 그 밖에 다른 많은 것을 가치 있다고 생각하는가? 그렇다면 당신은 자유의 몸이 될 수 없고, 만족할 줄 아는 인간도 될 수 없으며, 또한 걱정에 흔들리지 않는 인간도 될 수 없을 것이다. 왜냐하면 그럴 경우에 당신은 그런 것들을 부러워하거나 샘을 내며, 당신에게서 그런 것들을 빼앗으려는 사람들을 의심하고, 당신이 소중히 여기는 것을 소유한 사람에게서 그런 것들을 빼앗기 위해 음모를 꾸밀 것은 정한 이치이기 때문이다. 이런 사람은 자연히 혼란에 빠지게 되며, 신들에 대해서도 비난하게 될 것이다. 그러나 자기 자신의 정신을 존중한다면, 당신은 자기 자신에게 만족하고 사람들과 화합하여 신들과 조화를 이룬 자, 다시 말하면 모든 신들이 배정한 것을 기꺼이 받아들이는 자가 될 것이다.

17 원소는 위로, 아래로, 또는 원을 그리면서 움직인다. 그러나 덕의 작용은 이와 달라서 보다 신성하며 또한 화기애애한 가운데 스스로의 길을 걸어가는 모습은 거의 분별하기 어렵다.

18 인간은 얼마나 이상한 행동을 하는가! 그들은 자기와 같은 시대에 사는 사람들은 칭찬하려고 하지 않는다. 그런데 그들은 자기가 본 적도 없고, 앞으로 볼 수도 없을 후세 사람들에게서 칭찬을 받을 것을 매우 중요하게 생각하고 있다. 이건 마치 당신의 전시대 사람들이 당신을 칭찬하지 않았다고 해서 한탄하는 것과 비슷하지 않은가?

19 당신이 하기 어려운 일이라고 해서, 그것이 인간으로서 불가능한 일이라고는 생각지 말라. 오히려 인간에게 가능하고 또 인간의 본성에 맞는 일이 있으면 당신도 그 일을 할 수 있다고 생각하라.

20 우리는 경기장에서 상대방의 손톱에 긁히거나 머리를 부딪쳐서 상처를 입기도 한다. 그러나 우리는 상대방에게 항의하거나 불쾌하게 생각해서는 안 되며, 상대방을 교활한 놈이 아닌가 하고 의심해서도 안 된다. 다만 우리는 그를 경계해야 한다. 그러나 그를 적으로 여기거나 의혹을 품어서도 안 되며, 호의를 가지면서 그

런 일을 조용히 피해야 한다.

우리는 인생의 다른 분야에서도 마찬가지로 행동해야 한다. 우리와 함께 경기를 하고 있다고 생각되는 사람들에게 많은 면에서 관대하게 대해야 하지 않겠는가? 왜냐하면 내가 방금 말한대로 남에게 의혹을 품거나 미워하지 않고 그를 조용히 피할 수 있기 때문이다.

21 만일 누가 나의 생각이나 행동이 잘못이라는 것을 증명하여 납득하게 해준다면, 나는 기꺼이 그것을 받아들여 시정하려고 한다. 왜냐하면 나는 진리를 구하는 것이며, 진리에 의해 손해를 보는 사람들 없기 때문이다. 이와 반대로 자기의 오류와 무지 속에 머물러 있는 사람이야말로 손해를 보는 것이다.

22 나는 내 임무를 다하고자 한다. 그 밖의 일로 내 마음을 어지럽히는 경우는 없다. 왜냐하면 그 밖의 일은 생명이 없고 이성이 없으며 사방을 헤매면서 제 길을 모르는 일이기 때문이다.

23 이성이 없는 동물이나 일반적인 모든 사물에 대하여 아량 있고 너그러운 태도로 대하라. 왜냐하면 당신에게는 이성이 있고 그들에게는 없기 때문이다. 그러나 인간에 대하여는, 그들도 이성을 갖고 있으므로 동지처럼 대하라. 그리고 모든 일을 신들에게 호소하라. 이 때문에 소비하는 시간에 대하여는 걱정하지 말라. 세 시간쯤만 소비하면 충분할 테니까.

24 마케도니아의 알렉산더 대왕이나 그의 마부도 죽어서는 같은 신세가 되었다. 즉 두 사람은 우주의 동일한 생성의 원리 속에

환원되었거나 아니면 원자 속에 똑같이 분해되었으니 말이다.

25 똑같은 찰나에 우리 모두의 육체와 영혼 양면에 얼마나 많은 일이 일어나는가를 생각해보라. 그러면 우리가 우주라고 부르는 유일하고도 보편적인 것 속에 그보다 더 많은 일, 아니 오히려 모든 일이 공존한다고 하더라도 당신은 놀라지 않을 것이다.

26 만일 어떤 사람이 당신에게, "안토니누스라는 이름은 어떻게 쓰느냐?"고 묻는다면, 당신은 그 이름을 구성하고 있는 글자를 하나하나 힘차게 발음하여 들려줄 것이다. 그런데 만일 그 경우에 그가 화를 낸다면 당신도 화를 내겠는가? 태연스럽게 여전히 글자 하나하나를 열거할 것이다.

이와 마찬가지로 이 세상에서 의무가 몇 가지 항목에 의해 이루어지고 있다는 것을 잊지 말라. 당신은 이것을 지키고, 화를 내는 사람에게 이쪽에서도 똑같이 화를 내지 말고, 당면한 일을 하나씩 수행해나가야 한다.

27 사람들에게 그들의 본성에 맞고 유익한 것을 추구하지 못하게 한다면 얼마나 잔인한 일인가! 그런데 상대방이 잘못을 저질렀다고 해서 화를 낸다면 당신은 어느 의미에서는 그들에게 위에서 말한 바와 같이 행동하는 것을 허용하지 않는 것이 된다. 왜냐하면 인간은 일반적으로 자기 본성에 맞고 유리한 일이라고 믿으면서 그런 일을 하기 때문이다.

"그러나 사실은 그렇지 않다."

그렇다면 화를 내지 말고 그들에게 잘 타일러주라.

28 죽음이란 감각을 통하여 들어오는 인상이나 욕망을 일으키는 충동, 그리고 마음의 방황과 육신에의 봉사 등이 중단되는 것이다.

29 세상에서 당신의 육체가 굴복하지 않았는데, 정신이 먼저 굴복한다는 것은 수치스러운 일이다.

30 카이사르와 같은 사람이 되거나 카이사르의 색깔(사상)에 물들지 않도록 조심하라. 그런 일은 흔히 일어나기 때문이다. 단순하고 선량하고 순수하고 품위 있고 허식이 없는 인간이 되라. 정의의 편에 서고 신을 공경하고 친절하고 자애롭고 자기의 의무를 과감히 수행하는 인간이 되라. 철학을 통해 배운대로 인간이 되려는 노력을 계속하라. 신들을 두려워하고 남에게 힘이 되어주라. 인생은 짧다. 지상 생활의 유일한 수확은 경건한 태도와 사회를 위한 행동이다.

　모든 일에 안토니우스의 제자로서 행동하라. 이성에 합당한 행동을 하려는 그의 끈질긴 노력, 모든 일을 공평하게 처리하려는 그의 심정, 경건하고 온화한 그의 표정, 그의 쾌활함과 헛된 명예에 대한 경멸, 그리고 모든 일을 정확하게 파악하려는 그의 열의 등을 생각하라. 그는 무슨 일이나 먼저 잘 검토하여 분명히 알게 될 때까지는 손에서 놓지 않았으며, 자기를 부당하게 비난하는 자에게도 반박을 하지 않고 참아나갔다. 그는 어떤 일에도 당황하지 않고, 남의 모함에 귀를 기울이지 않고, 사람들의 성질이나 행동을 자세히 살폈다. 그는 잔소리도 많이 하지 않고 소심하지도 않았으며, 남을 의심하지도 않고 궤변가도 아니었다. 집, 침대, 의복, 음식, 하인 등도 최소한으로 만족했으며, 노동을 사랑하고 참을성이 있었다. 그리고 그는 간소한 식사로 저녁때까지 견딜 수 있었고, 일정한 시간 이외에는 변소에 갈 필요가 없었다. 그리고 친구들에 대해서는 언제나 우정에 충실했다. 그의 의견에 공공연히 반대하는 자에게는 인내하고, 좋은 충고를 해주는 자가 있으면 무척 기뻐한다. 또한 신을 공경하면서도 미신에 빠지는 일이 없었다. 모든 것을 생각하고, 당신도 그를 본받아 언제고 마지막 때가 닥쳐와도 그와 같이 마음의 평정을 유지하라.

31 건전한 정신으로 돌아가 자기를 되찾으라. 잠에서 깨어나 당신을 괴롭혀온 것이 꿈에 지나지 않았다는 것을 깨닫고, 꿈속에서 사물을 대하듯이 자기 주위에 있는 것을 바라보라.

32 나는 조그마한 육체와 영혼으로 되어 있다. 육체에 관한한 모든 일이 어떻게 돌아가든 관계가 없다. 왜냐하면 육체는 사물에 관심을 가질 수 없기 때문이다. 그러나 정신에 있어서는 그 작용 안에 속하지 않는 것은 아무래도 무방하지만, 그 작용 안에 속하는 것은 그 능력 범위 안에 있다. 그 중에서도 다만 현재와 관련된 것만이 문제가 된다. 왜냐하면 미래와 과거의 활동은 현재와는 상관이 없기 때문이다.

33 발이 발의 역할을 하고, 손이 손의 역할을 하는 이상, 손과 발의 노동은 자연에 위배되는 일이 없다. 마찬가지로 인간이 인간의 본분을 다하는 이상, 인간의 노고(勞苦)는 자연에 위배되는 일이 없다. 이러한 노고가 인간의 본성에 위배되지 않는 이상, 그 노고는 인간에게 해를 입히지 않는다.

34 강도와 탕아(蕩兒)나 부친 살해자나 폭군 등은 어떤 쾌락을 맛

보았는가?

35 기술자들은 어느 정도까지는 기술이 서툰 자와 보조를 맞추지만, 그 때문에 그들의 원리에 따르는 것을 소홀히 하지 않으며, 여기서 떠나는 것을 용납하지 않는다는 것을 당신은 모르는가? 건축가나 의사가 자기 기술의 원리를 자기의 이성—인간은 그것을 신들과 공유(共有)하고 있지만—보다 더 존중한다면 이상한 일이 아닌가?

36 아시아나 유럽도 우주의 한 모퉁이다. 모든 대양은 우주 속의 한 물방울이다. 아토스 산(트라키아의 카르키지케 반도에 있는 험준한 산. 높이 약 1900미터)은 우주 속 조그마한 돌덩이다. 현재의 시간은 모두가 영원 속의 한 점(點)이다. 모든 것은 작고 변하기 쉽고 소멸해가고 있다.

  만물은 그곳으로부터, 곧 우주의 지배적인 힘으로부터 직접 생기거나 혹은 그 인과관계(因果關係)에 따라 생긴다. 그러므로 사자의 쩍 벌린 입이나 독약(毒藥)이나 가시나 진흙처럼 해로운 것은 저 존귀하고 아름다운 것들의 결과에 지나지 않는다. 따라서 이것들이 당신이 소중히 여기는 것과 다른 것이라고 생각해서는 안 된다. 만물의 원천을 생각하라.

37 현재 존재하는 것들을 본 사람은 무한한 과거에서부터 존재한 것들을 본 것이며, 또한 무한히 존재하게 될 것들을 본 것이다. 왜냐하면 만물은 같은 기원(起源)을 갖고 있으며, 같은 외관(外觀)을 나타내고 있기 때문이다.

38 우주 속의 만물의 연관과 상호 관계에 대해 때때로 생각해보라. 어느 의미에서 만물은 서로 결합되어 있으며, 따라서 서로 우호 관계를 맺고 있다. 왜냐하면 이것들은 팽창과 수축의 운동이나 공통된 호흡 등 물질의 단일성(單一性) 때문에 서로 원인이 되고 결과가 되고 있기 때문이다.

39 당신은 당신의 몫으로 주어진 환경에 자신을 조화시켜라. 당신의 동포로서 운명적으로 정해진 인간을 진심으로 사랑하라.

40 기구나 도구나 그릇은 그 용도(用度)에 맞는다면 족한 것이다. 그러나 이것들을 만든 사람은 그 속에 내재(內在)하여 있지 않다. 그렇지만 자연에 의해 구성된 사물에는 이것을 만든 힘이 그 속에 내재하여 줄곧 거기에 머물러 있다. 그러므로 당신은 그 힘을 공경해야 한다. 그리고 만일 당신이 그 의도에 따라 살고 행동한다면 당신 안에 깃들어 있는 것은 모두 당신의 이성에 따르게 된다는 것을 알아야 한다. 마찬가지로 우주 안에 있는 사물은 우주의 이성에 따르게 되는 것이다.

41 자기에게 선택의 자유가 없는 것들 가운데 당신이 좋아하거나 싫어하는 것이 무엇이든 간에, 싫어하는 일이 닥치거나 좋아하는 것을 잃었을 때, 당신은 신들을 원망하고, 그 불운 또는 상실에 책임이 있거나 또는 책임이 있을지 모른다고 여겨지는 사람을 미워하게 될 것이다.

우리는 이 때문에 많은 부정을 범하게 된다. 그러나 만일 자기가 자유롭게 할 수 있는 것에 대해서만 좋다거나 싫다는 판단을 내린다면, 이미 신을 원망할 이유나 인간을 적대시할 이유가 없어진다.

42　우리는 모두—어떤 사람은 그것을 자각하고 이해하면서, 어떤 사람은 의식하지 못하면서—하나의 목적을 이루기 위해 협력하고 있다. 헤라클레스가 말한 대로 '잠자는 사람도 일하고' 있으며, 우주에서 일어나는 일에 협력하고 있다. 그것도 각자가 서로 다른 방법으로 협력하고 있다. 심지어 그 일을 비난하는 자나 그 일에 반항하는 자나 그 일을 방해하는 자도 협력하고 있다. 왜냐하면 우주는 이런 자도 필요로 하기 때문이다.

　문제는 당신은 어떤 협력자 축에 끼여 있는가를 인식하는 일이다. 물론 어쨌든 우주의 지배자는 당신을 잘 이용하여 협력자나 조수(助手)들 사이에 끼워줄 것이다. 그러나 당신은 크리시포스(BC 280년경의 스토아학파 철학자)가 언급하고 있는 '극 중의 야비하고 가소로운 시구(詩句)'와 같은 역할에 끼지 않도록 조심해야 한다.

43　태양이 비의 역할을 할 수 있을까? 혹은 아스클레피오스가 과실을 맺게 하는 자*의 역할을 할 수 있을까? 수많은 별들은 어떤가? 이 별들은 각각 다르면서도 동일한 목적을 위해 협력하고 있지 않는가?

*농사를 관장하는 여신, 데메테르

44　만일 신들이 나에 대해, 그리고 나에게 일어날 일에 대하여 의논을 했더라면, 그들의 협의는 반드시 현명한 것이리라. 왜냐하면 사려가 깊지 않은 신이란 상상조차 할 수 없기 때문이다. 그리고 대체 신들이 무슨 동기에서 나를 해치려고 하겠는가? 그렇게 한다고 해서 신들 또는 신들의 특별한 관심사인 우주에 무슨 이득

이 있겠는가?

그러나 신들이 특별히 개인적으로 나와는 의논하지 않았다 하더라도, 적어도 우주 전체에 일어나는 것에 대해서는 협의했을 것이다. 그러므로 나에게 일어나는 일도 그 결과로 생기는 것이다. 따라서 나는 이것을 기꺼이 받아들여 이에 대해 만족해야 한다. 만일 신들이 아무 협의도 하지 않았다면—이것을 믿는 것은 경건치 못한 일이지만—우리는 제물도 드리지 말고, 기도나 맹세 그 밖의 여러 가지 일을 할 필요가 없을 것이다. 이 모든 일은 신들이 살아서 우리와 함께 있다고 보기 때문에 행하고 있는 것이다.

방금 말한 대로 만일 신들이 우리에 대해 아무 협의도 하지 않았다면, 나는 나 자신에 대해 결정할 수 있고 유익한 것을 추구할 수도 있다. 자기 자신의 본질과 본성에 합당한 것은 각자에게 유익한 것이다. 그런데 나의 본성은 이성적(理性的)이고 사회적이다. 따라서 내가 안토니누스인 한, 나의 도시와 국가는 로마이고, 내가 인간인 한, 그것은 우주다. 따라서 이 도시에 유익한 것만이 나에게 선한 것이다.

45 각 개인에게 일어나는 일은 우주에 대해서도 유익하다. 이것으로 충분하다. 그러나 더욱 잘 생각해 보면, 어떤 개인에게 유익한 것은 다른 사람에게도 유익하다는 것을 알 수 있을 것이다. 그런데 이 경우에 유익하다는 말은, 선악을 가릴 수 없는 사물에 대해서도 적용되는 일반적인 의미를 담고 있다.

46 원형투기장(圓形鬪技場)이나 이와 비슷한 곳에서 행하는 경기는 언제나 같은 내용만 보여주므로 사람들에게 단조롭고 지루한 느낌을 준다. 당신도 진저리가 날 것이다. 이와 같은 느낌을 당신은

인생 전체에 대해서도 품고 있을 것이다. 왜냐하면 천상(天上) 천하(天下)의 모든 일이 동일하며, 동일한 것에서 생겼기 때문이다. 얼마나 오랫동안 계속되려는가?

47 여러 민족에 속하여 온갖 직업에 종사하던 모든 사람들이 죽었다는 사실을 언제나 염두에 두기를 바란다. 필리스티온(소크라테스 시대의 희극 시인)이나 포이부스나 오리가니온 등에게까지 이 생각이 미쳐야 한다. 다시 다른 사람들에게 눈길을 돌려보자.

많은 위대한 웅변가들이나 많은 엄숙한 철학자들, 예컨대 헤라클레이토스, 피타고라스, 소크라테스 등이 사라진 뒤를 우리도 따라가야 한다. 그리고 수많은 옛 영웅들, 그 후에는 수많은 장군이나 폭군들, 에우독소스(플라톤의 제자, 수학자), 히파르코스(프톨레마이오스 왕조 시대의 수학자), 아르키메데스, 그 밖에 성격이 날카로운 사람들, 마음이 너그러운 사람들, 노고를 개의치 않는 사람들, 다재다능한 사람들, 메니포스나 그밖에 그와 비슷한 많은 사람들처럼 허망한 인생 자체를 비웃던 사람들도 모두 죽어서 땅 속에 묻혀 있다는 사실을 생각해보라.

이제 그들에게 두려운 것이 무엇이 있겠는가? 그 밖에 무수한 무명인사들도 마찬가지다. 이 세상에서 가장 가치가 있는 것은 오직 하나, 거짓말쟁이나 불량한 사람들에게 관용을 베풀고 진실하고 바르게 일생을 보내는 것이다.

48 당신 자신에게 즐거움을 주고 싶을 때에는 당신과 함께 살아가는 사람들의 장점, 예컨대 갑이라는 사람의 적극성, 을이라는 사람의 겸손, 병이라는 사람의 도량, 그 밖의 사람들의 장점을 생각해보라. 왜냐하면 우리와 함께 살고 있는 사람들이 덕을 풍부하

게 나타낼 때처럼, 그리고 그 덕이 되도록 많은 사람들에게 나타
날 때처럼 기쁜 일은 없기 때문이다. 그러므로 우리는 언제나 그
들의 모습을 머릿속에 그려 보아야 한다.

49 당신은 당신의 몸무게가 3백 리투라에 미치지 못한다고 해서
불만스럽게 생각하지 않을 것이다. 이와 마찬가지로 당신이 수명
만큼만 산다고 해서 한탄할 것은 못 된다. 당신에게 주어진 물질
의 양으로 만족하고 있는 것처럼, 수명에 대하여도 마찬가지로
만족하라.

50 우선 사람들을 설득해보라. 그들이 그것을 받아들이지 않더라
도 정의의 원칙이 이렇게 맹렬할 때에는 행동에 옮겨야 한다. 만
일 폭력으로 당신의 길을 훼방하려는 자가 있으면, 만족과 평정
(平靜)의 힘을 빌려 이 장애물을 다른 덕을 발휘하는 기회로 이용
하라. 그리고 당신이 위에서 말한 행동을 취한 것은 주의의 사정
이 제약하는 가운데서이며, 결코 불가능한 일을 하려고 한 것이
아니라는 것을 상기하라. 그렇다면 무엇을 바라고 있었는가? 바
로 이런 것이 아닌가? '당신은 바란 일이 성취되었다. 왜냐하면
우리는 가능한 범위 안의 일은 실현했으니까'

51 명예를 사랑하는 사람은 자기의 행복은 남의 행위 속에 있다고
생각하며, 향락을 즐기는 사람은 자기의 감정 속에 있다고 생각
하지만, 지작 있는 사람은 자기의 행동 속에 있다고 생각한다.

52 그 사물에 대해 어떤 결의(決意)를 하거나 성가시게 생각할 필
요가 없다. 왜냐하면 사물 그 자체가 우리의 판단을 형성하는 성

질을 갖는 것은 아니기 때문이다.

53 남의 말을 조심스럽게 듣는 습관을 붙이라. 그리고 될 수 있는 대로 그 사람의 영혼 속에 파고 들어가라.

54 꿀벌 떼에게 유익하지 않은 것은 한 마리의 꿀벌에게도 유익하지 않다.

55 만일 선원들이 타수(舵手)를 욕하거나 환자들이 의사를 욕한다면, 다른 사람의 말을 들어야 할 것이다. 그렇지 않다면 어떻게 타수가 배에 타고 있는 사람의 안전을 도모하고, 의사가 자기를 찾아오는 사람의 병을 고칠 수 있겠는가.

56 나와 함께 이 세상에 태어난 사람들 중에서 벌써 몇 사람이나 저 세상으로 떠났을까?

57 황달병을 앓는 사람들에게는 꿀이 쓴 맛이 난다. 광수병(狂水病)에 걸린 사람에게는 물이 무서운 생각이 든다. 어린이들에게 공은 훌륭한 물건이다. 그런데 어째서 나는 화를 내는가? 혹시 당신은 오류라고 하는 것이 황달병 환자의 담즙(膽汁)이나 광수병 환자의 병독(病毒)보다 그 힘이 약하다고 생각하는가?

58 당신이 자기 자신의 본성인 이성에 따라 사는 것을 아무도 훼방하지 못할 것이다. 또한 우주의 본성인 이성에 어긋나는 일은 당신에게 결코 일어나지 않을 것이다.

59 그들이 아첨하는 사람들, 손에 넣으려는 이익, 사용하는 수단
  —그것들은 어떤 것인가? 시간은 얼마나 빨리 이 모든 것들을 빼
  앗아갈 것인가?—이미 얼마나 많은 것을 빼앗아갔는가?

7

우주의 질서에 대하여

1 악덕이란 무엇인가? 당신은 그것을 자주 볼 수 있다. 어떤 일이 일어나든 모든 일에 '이것은 네가 자주 본 적이 있다'고 생각하라. 결국 천상천하 어디서나 동일한 것을 찾아볼 수 있을 것이다. 고대사나 중세사나 근세사에도 동일한 것으로 가득 차 있다. 새로운 것은 하나도 없다. 모든 것이 옛날부터 동일한, 속절없는 것들이다.

2 신조는 사멸되는 일이 없다. 이에 대응하는 관념이 소멸되지 않는 이상 어떻게 사멸될 수 있겠는가? 그리고 그 관념을 끊임없이 새로운 불꽃으로 피어오르게 하는 것은 당신에게 달려 있다.

나는 사물에 대해 나만의 정당한 의견을 가질 수 있다. 그런데 어찌 마음을 괴롭힐 수 있겠는가? 나의 마음과 떨어져 있는 것은 나와 관계가 없다. 이런 마음가짐을 유지하는 한 당신은 의연할 수 있다.

당신은 새로운 삶을 유지할 수 있다. 사물을 전과 같이 다시 보라. 새로운 삶은 여기서 비롯된다.

3 헛된 영화의 꿈, 무대에서의 연극, 양 떼와 소 떼, 창(槍) 연습, 강아지에게 던져준 뼈, 어항 속의 빵 조각, 개미의 노고와 무거운 짐, 겁난 쥐의 도주, 실로 조종되는 인형— 당신은 이런 것들에 둘러싸여 거드름을 부리지 말고 선한 태도를 취하라. 인간의 가치는 그가 열심히 추구하는 대상의 가치와 같다는 것을 알아야 한다.

4 남들과 대화를 나눌 때 상대방의 이야기에 귀를 기울여라. 그리고 모든 행동에 있어서 그 결과에 유의해야 한다. 후자의 경우에

는 그 행동이 어떤 목적과 관련되어 있는가를 처음부터 간파하
고, 전자의 경우에는 그 의미가 무엇인지를 주의해야 한다.

5 이 일을 하는 데 있어서 나의 지능은 충분한가? 만일 충분하다
면, 나는 이 능력을 우주의 본성이 부여한 도구로써 그 일에 사용
한다. 그러나 충분치 못하면 이 일을 다른 사람에게 맡기고 내가
물러나서는 안 되는 이유가 없는 한, 이 일을 더 잘 할 수 있는
사람에게 맡기거나 혹은 나의 지배적인 원리의 도움을 받아 사회
를 위해 유익한 일을 할 수 있는 사람을 조수로 삼아 내가 할 수
있는 최선을 다해 일을 처리한다. 혼자서 하든, 다른 사람의 힘을
빌리든 어쨌든 내가 하는 일은 모두 사회에 유익하고 적합한 것
이라야 한다.

6 지난날 얼마나 많은 사람들이 명성을 떨치다가 결국은 망각 속
에 묻혀 버렸는가. 그리고 이들의 명성을 찬양하던 사람들도 얼
마나 많이 세상을 떠났는가.

7 남의 도움 받는 것을 부끄럽게 생각하지 말라. 왜냐하면 당신은
마치 병사가 싸워서 성채를 빼앗는 것처럼, 주어진 일을 마칠 의
무가 있기 때문이다. 만일 당신이 절름발이여서 혼자서는 성벽을
기어오를 수 없고, 남의 도움을 얻어야만 그것이 가능하다면 어
떻게 하겠는가.

8 미래의 일 때문에 걱정하지 말라. 필요하다면 당신은 지금 눈앞
에 닥친 일을 처리하는 그 이성으로 미래의 일도 처리할 수 있기
때문이다.

9 만물은 서로 관련되어 있으며 그 유대는 신성하다. 서로 관계가 없는 것은 거의 하나도 없다. 모든 것이 함께 배치되어 있고 하나의 질서 있는 우주를 형성하고 있다. 만물에 의해 성립되는 하나의 우주가 있고, 만물 속에 존재하는 유일한 신, 유일한 실체, 유일한 법칙이 있으며, 예지를 지닌 모든 동물에게 공통된 유일한 이성이 있다. 그리고 동류이며 같은 이성을 공유하고 있는 모든 인간에게 유일한 완전성이 있다면 진리도 하나다.

10 모든 물질적인 것은 순식간에 만유의 실체 속으로 사라져버린다. 모든 원인은 금세 우주의 이성으로 환원되며, 모든 기억은 곧 시간 속에 묻혀버린다.

11 이성적인 존재에 있어서는 자연에 따르는 것과 이성에 따르는 것이 동일한 행동이다.

12 의연하라. 아니면 남의 힘을 빌려서라도 의연해져라.

13 사지와 동체가 하나의 육신을 형성하듯이 이와 같은 원리가 이성적 존재에게도 적용된다. 그들은 각자 다른 개성을 갖고 있으나 서로 협력하게끔 되어 있다. 당신이 자기 자신을 가리켜 '나도 이성적인 존재에 의해 형성되는 유기체의 한 지체(melos)다'라고 말한다면 이러한 관계는 더욱 분명하게 인식될 것이다.

그러나 만일 당신이 l대신 r을 사용하여 단지 '한 meros(부분)다'라고 자기를 가리켜 말한다면, 당신은 아직 진심으로 사람을 사랑하는 것이 아니고, 아직 당신은 선한 일을 하는 것을 그다지 기쁘게 생각하지 않는 것이다. 당신은 아직 하나의 의무로서 선심을 쓸 뿐, 자기 자신에게 선을 행하고 있지는 않다.

14 외부에서 어떤 일이 일어났을 때, 그 영향을 받는 부분(육체)에
는 그런 일이 일어나도록 하라. 그 영향을 받는 부분들은 마음대
로 불평할 수도 있을 것이다. 그러나 자기에게 일어난 일을 언짢
게 생각하지 않는 한, 아직 조금도 해를 입지 않고 있는 것이다.
그리고 나에게는 이와 같이 생각할 수 있는 자유가 있다.

15 누가 어떤 행동을 하고 뭐라고 말하든, 나는 선해야 한다. 이것
은 마치 금이나 에메랄드나 자패(紫貝)가 '누가 어떤 행동을 하고
뭐라고 말하든 나는 에메랄드(또는 금 혹은 자패)라야 한다. 나는 본
래의 색깔을 그대로 보존하고 있어야 한다'라고 입버릇처럼 말하
는 것과 같다.

16 지배적인 이성은 자기 자신을 괴롭히지 않는다. 예컨대 자기의
욕망에 사로잡히지 않는다. 만일 누가 지배적인 이성을 두렵게
하고 슬프게 할 수 있다고 생각한다면 마음대로 해보게 하라. 지
배적인 이성은 자기의 신념으로 말미암아 이런 상태에 빠지지 않
는다.
　육체는 가능하면 아무 해도 입지 않도록 스스로 조심하고, 해를
입었을 때에는 말하도록 하라. 그런데 영혼 자체는 두려움과 고
통을 느끼기는 하지만, 두려움이나 고통에 대해 의견을 형성하는
완전한 힘을 갖고 있으므로 아무런 해도 입지 않을 것이다. 영혼
은 잘못된 판단을 내리지는 않을 것이기 때문이다.
　지배적인 이성은 스스로 어떤 요구를 하지 않는 한, 그 자신은
아무 것도 필요로 하지 않는다. 따라서 스스로 자기를 괴롭히거

나 속박하지 않는 한, 무엇에 의해서도 괴롭힘을 당하지 않고 속박을 받지 않는다.

17 행복이란 선한 다이몬(神性) 또는 선한 지배적 이성을 말한다. 그런데 상상력이여, 대체 너는 여기서 무엇을 하고 있는가? 신들의 이름으로 간청하거니와 너는 다른 곳에서 온 나그네이므로 이제 떠나거라. 나는 너를 필요로 하지 않는다. 너는 옛날부터 습관에 따라 내게로 온 것뿐이다. 내가 너에게 화를 내고 있는 것은 아니다. 다만 떠나거라.

18 변화를 두려워하는가? 그러나 변화가 없이 무슨 일이 일어날 수 있겠는가? 우주의 자연에 이보다 더 사랑스럽고 친밀한 것이 있을까? 장작이 변하지 않는다면 당신은 더운 목욕물에 들어갈 수 있겠는가? 만일 음식이 변하지 않는다면 당신은 영양을 섭취할 수 있겠는가? 그 밖에도 변화가 없이 긴요한 일이 이루어진 것이 있는가? 당신 자신이 변하는 것도 동일한 경우에 속하며, 마찬가지로 우주의 자연에 있어서도 변화가 반드시 필요하다는 것을 당신은 모르고 있는가?

19 모든 물체는 급류에 떠내려가듯이 우주의 실체에 실려 흘러가며, '전체'와 연결되어 마치 우리의 각 지체가 서로 유기적으로 협력하듯이 이와 협력한다.
　　시간은 크리시포스, 소크라테스, 에픽토테스 등과 같은 인물을 얼마나 많이 삼켜버렸는가? 누구나 모든 사물에 대해 이것을 상기하라.

20 오직 한 가지 일이 내 마음에 걸린다. 그것은 내가 인간의 본성
이 허용하지 않는 일을 허용되지 않는 방식으로 지금 하고 있는
것은 아닐까 하는 것이다.

21 머지 않아 당신은 모든 일을 잊어버리고, 머지 않아 모든 사람
이 당신을 잊어버릴 것이다.

22 잘못을 저지른 사람조차 사랑하는 것은 인간의 특권이다. 여기
까지 도달하려면 다음과 같이 생각해야 할 것이다―그들은 너와
동포이며 무지로 말미암아 부지중에 잘못을 저지른 것이다. 얼마
안 가서 그들도 나도 죽을 것이다. 그리고 무엇보다도 그는 너에
게 조금도 해를 끼치지 않았다. 왜냐하면 너의 지배적인 이성을
전보다 나쁘게 만들지 않았기 때문이다.

23 우주의 본성은 '전체'의 물질을 사용하여 마치 밀랍(蜜蠟)이라
도 만드는 것처럼, 어느 때에는 말, 다음에는 말을 해체하여 그
소재로 나무를, 다음에는 인간을, 그 다음에는 어떤 다른 것을 만
든다. 그러나 이렇게 해서 만들어진 사물도 극히 짧은 시간만 존
속될 뿐이다. 그릇을 부숴버리는 것은 구워내는 것과 마찬가지로
별로 어려운 일이 아니다.

24 얼굴에 분노를 나타내는 것은 자연에 몹시 위배되는 일이며,
자주 얼굴을 찡그리면 아름다움은 사라지고 결국은 완전히 없어
져서 다시는 아름다워질 수 없다. 이런 사실에서 얼굴을 찡그리
는 것은 이성에 위배된다는 결론을 내릴 수 있다. 우리가 자기
잘못을 깨닫지 못한다면, 더 이상 살아야 할 이유가 있을까?

25 우주를 지배하는 자연은 당신의 눈앞에 있는 만물을 순식간에 변화시켜 그 물질에서 다른 것을 만들고, 다시 그 물질에서 또 다른 것을 만들어서 세계사를 언제나 새로워지게 한다.

26 어떤 사람이 당신에게 잘못을 범했을 때, 그가 선악에 관해 어떤 관념을 가졌기에 이런 잘못을 범했는가를 생각해보라. 그것을 알게 되면 당신은 그를 측은히 여기면 여겼지 놀라거나 화를 내지는 않을 것이다. 당신도 그와 같은 선의 관념을 갖고 있거나, 혹은 대체로 비슷한 관념을 갖고 있기 때문이다. 그러므로 그를 용서해주어야 한다. 그러나 만일 당신이 선악에 대하여 그와 같은 관념도 갖고 있지 않다면, 잘못된 견해를 갖고 있는 자에게 관대한 태도를 취하기는 더욱 쉬울 것이다.

27 갖고 있지 않은 것을 갖고 있는 듯이 생각하지 말라. 그보다도 현재 갖고 있는 것 중에서 제일 좋은 것을 골라내고, 만일 이것마저 없었더라면 얼마나 갈망했을까 하고 생각해보라. 그러나 너무 기쁜 나머지 습관적으로 이것을 지나치게 중요시하여 이것을 잃는 경우 괴로워하는 일이 없도록 주의하라.

28 자기 안으로 눈을 돌려라. 당신을 지배하는 이성적 원리의 본성은 올바른 행위를 하고 마음의 평안을 얻으면 스스로 만족한다.

29 상상력을 버려라. 인형처럼 남의 조종을 받지 말라. 현재에 충실하라. 당신과 타인에게 일어나는 일을 충분히 이해하라. 당신의 눈앞에 있는 대상을 원인과 소재로 나누어 분류하라. 최후(임종)의 시간을 생각하라. 누가 잘못을 저지르면 그에 대한 것은 잘못

을 범한 사람에게 국한시켜라.

30 사람들이 하는 말에 주의하라. 무슨 일이든 결과와 원인을 잘
가려내라.

31 미덕과 악덕의 중간에 놓여 있는 것들에 대해 관심을 기울이지
말고 성실과 겸손으로 자기를 빛내라. 인류를 사랑하라. 신에게
순종하라. 어떤 사람은 말한다(원자론학파의 철학자인 데모크리토스의
말이다). '법칙이 만물을 지배한다'고. '법칙이 만물을 지배한다'
는 사실만 명심하면 그것으로 충분하다.

32 죽음에 대하여 죽음이 소산(消散)이든 원자에의 분해든, 또는 허
무로 돌아가는 것이든 간에 소멸이나 변화일 뿐이다.

33 고통에 대하여. "참기 어려운 고통은 넋을 잃게 한다. 그러나
오랫동안 지속되는 고통은 참을 수 있다."(에피쿠로스에서 인용) 정
신은 스스로를 지킴으로써 평정을 유지하며, 지배적인 이성은 고
통 때문에 해를 입지 않는다. 그러나 고통에 해를 입는 부분(육체)
은 각자의 의견을 토로하는 것이 좋다.

34 명예에 대하여. 명예를 구하는 자의 정신 상태를 알아보고, 그
것이 어떠하며 무엇을 회피하고 무엇을 추구하는가를 인식하라.
마치 모래더미 위를 모래가 휩쓸어 덮어버리는 것처럼 인생에 있
어서도 먼저 일어난 것은 나중에 일어난 것에 의해 곧 가려진다
는 것을 잊지 말라.

35   플라톤의 대화편에서. '위대한 정신을 가지고 시간과 실체의 전부를 포용할 수 있는 인간도 인생이 매우 중요하게 보인다고 생각할까?', '그런 일은 있을 수 없습니다' 라고 그는 대답했다. '그렇다면 그런 사람은 죽음 같은 것은 무서워하지 않겠지?', '물론 전혀 무서워하지 않을 겁니다.'

36   안티스테네스(견유학파의 시조. 에픽테토스가 인용한 부분)의 말. '선한 일을 하고 비난을 받는 것은 왕자다운 일이다.'

37   얼굴은 정신의 명령을 좇아 온순하고 단정하고 침착하면서도, 마음은 단정하지도 침착하지도 않다면 부끄러운 일이다.

38   '사물 자체에 대해 화를 내는 것은 쓸데없는 일이다. 왜냐하면 사물은 화를 내도 알지 못하기 때문이다.' (에우리피데스에서 인용)

39   불멸의 신들과 우리에게 기쁨을 달라!

40   이삭이 잘 익으면 거둬들이듯이 인생을 거둬들여야 한다. 어떤 것은 남고, 어떤 것은 쓰러진다.

41   나와 나의 두 자녀가 신들에게 버림 받게 된다면 여기에는 반드시 이유가 있을 것이다.

42   선과 정의는 나의 편이다.

43   다른 사람의 비판에 동조하여 함께 울고불고 하지 말라.

44 플라톤 대화편에서 '나는 이 사람에게 다음과 같이 올바르게 대답해줄 것이다.' 조금이라도 품위가 있는 사람일진대, 생사의 위험을 생각해서는 안 된다. 무슨 일을 할 때는 그것이 옳은 일인가, 옳지 않은 일인가, 선한 인간이 하는 일인가, 악한 인간이 하는 일인가, 이것만을 검토해야 한다. 그렇지 않다면 당신은 잘못을 범하고 있는 것이다.

45 아, 아테네 사람들이여, 사실은 다음과 같다. 어떤 사람이 스스로 최선의 자리라고 생각하고 어떤 부서를 택했든 또는 지휘자에 의해 배치되었든 간에, 내 생각으로는 어떤 위험도 무릅쓰고 자기 자리를 지켜야 하며 비열하게 자기 부서에서 이탈하지 말고 죽음이나 그 밖의 일은 고려하지 말아야 한다.

46 그러나 친구여, 고귀하고 선한 것은 자기가 남의 생명을 구하는 것과는 구별되어야 하지 않을까? 적어도 진실한 인간이라면, 자기가 얼마나 오래 사느냐 하는 것은 문제 삼을 것이 못된다. 생명에 집착해서는 안 되며 이것은 신에게 맡기고, 아무도 자기 운명에서 벗어날 수는 없다는 여자들의 말을 믿으며, 어떻게 하면 살아 있는 동안 가장 훌륭하게 살 수 있는가를 생각해야 한다.

47 마치 당신도 별과 함께 움직이고 있는 것처럼 별의 운행을 살펴보고 원소가 서로 변하는 것을 고찰하라. 이런 사색은 우리의 지상 생활의 오염을 씻어주기 때문이다.

48 플라톤의 다음과 같은 말은 참으로 훌륭하다. 인문에 대해 논하는 자는 높은 곳에서 굽어보는 것처럼 지상의 사물을 바라보아

야 한다. 사람의 무기, 군대, 농경, 결혼, 이혼, 탄생, 죽음, 법정에서 외치는 소리, 불모의 땅, 무수한 야만족, 축제, 장례식, 시장, 이모든 것의 혼합과 대조를 이루는 것에 의해 형성되는 전체의 질서라는 면에서 바라보아야 한다.

49 과거를 돌아보고 현재 일어나고 있는 모든 변화를 바라보면, 미래의 일도 예견할 수 있다. 왜냐하면 미래에 일어날 일도 분명히 과거와 동일한 형태를 취할 것이며, 현재 일어나고 있는 일의 질서로부터 벗어날 수는 없기 때문이다. 그러므로 인생을 40년 동안 관찰하든 1만 년 동안 관찰하든 마찬가지다. 그 이상 무엇을 더 볼 수 있겠는가.

50 "땅에서 태어난 것은 땅으로 돌아가고, 하늘에서 생겨난 것은 하늘로 돌아간다."
    즉 이 말은 원자 결합의 분해이거나 또는 이와 동일한 무감각한 원소의 분산을 뜻한다.

51 "음식을 바치고 주문을 외우며, 죽음이라는 운명의 흐름에서 벗어나려고 한다."
    "하늘에서 불어오는 바람은 기꺼이 받아들이고 어떠한 노고에도 불평해서는 안 된다."

52 그는 남보다 씨름을 잘한다. 그러나 사회에 이바지하려는 정신이나 겸손에 있어서는 그렇지 못하고, 남의 그릇된 견해에 대해서도 관대하지 못하다.

53 신들과 인간에게 공통된 이성에 따라 어떤 일을 처리한다면, 조금도 두려워할 것이 못 된다. 바른 길에 부합되는 활동, 자기의 본질에 맞는 활동을 함으로써 이득을 얻는 경우에는 해를 입지 않을까 염려할 필요가 없다.

54 언제 어디서나 당신이 할 수 있는 일은, 현재 자기 자신에게 일어나고 있는 일에 대해 경건한 마음으로 만족하고, 자기 주위 사람들에게 선한 일을 하며, 정밀한 검토를 거치지 않고서는 어떤 것도 자기 마음속에 스며들지 못하도록 현재의 생각을 바로잡는 것이다.

55 다른 사람들의 지배적인 원리를 찾아내려고 두리번거리지 말고 어떤 본성이 당신을 인도하고 있는가를 똑바로 보라. 당신에게 일어나는 일을 통해 나타나는 우주의 본성과 당신이 반드시 해야 할 행동을 통해 나타나는 당신 자신의 본성을.

　인간은 누구를 막론하고 본성에 적합한 행동을 해야 한다. 그런데 다른 동물은 모두가 이성적인 동물(인간)을 위해 만들어졌으며, 그 밖의 경우에도 언제나 약자는 강자를 위해 존재한다. 그러나 이성적인 동물은 서로 돕기 위해 만들어졌다.

　그러므로 인간의 본질에서 첫번째 특징은 사회성이다. 둘째는 육체적인 정욕에 대한 저항력이다. 자신의 한계를 분명히 밝히고 감각이나 본능에 압도되지 않는 것은 이성 및 지성이 갖는 특별한 능력이다. 감각이나 본능은 동물적인 것이기 때문이다. 그러나 지성의 작용은 우월성을 요구하여 감각이나 본능에 굴복하는 것을 용납하지 않는다. 이것은 당연한 일이다. 왜냐하면 지성은 성질상 다른 모든 것을 이용하도록 되어 있기 때문이다. 셋째로 이성적인 동물의 본성에는 경솔하게 판단하지 않고 쉽사리 기만당하지 않는 특징이 있다. 그러므로 당신의 지배적인 원리로 하여금 이상의 특징을 고수하게 하여 바른 길을 가게 하라. 그러면 당신의 이성은 자기의 본분을 다할 수 있을 것이다.

56　당신은 마치 이미 죽은 사람같이, 현재의 순간이 당신 생애의 끝인 것처럼 자연에 따라 남은 생애를 보내야 한다.

57　자기에게 일어나는 일만, 운명의 신이 자기에게 엮어주는 일만을 사랑하라. 그보다 더 당신에게 어울리는 일이 어디 있겠는가?

58　무슨 일이 일어날 때마다 이와 같은 일이 일어났을 때 슬퍼하거나 놀라거나 비난한 사람들을 눈앞에 그려보라. 그들은 지금 어디 있는가? 아무 데도 없다. 그런데 당신도 그들의 흉내를 내고 싶은가? 그런 타인의 태도는 그들에게 맡겨두고, 당신은 어떻게 하면 그 일을 살릴 수 있는가에 대해서만 전념하라. 그렇게 하면 당신은 이것을 잘 활용하여 당신의 활동에 좋은 소재로 삼을 수 있을 것이다. 모든 행동에서 착한 사람이 되려는 것만이 당신의 유일한 관심사이자 염원이 되어야 한다. 그리고 앞의 두 가지를 기억하라. 행위의 동기는 아무래도 좋다.

59　자신의 내면을 들여다보라. 거기에는 선의 샘이 있다. 이 샘은 당신이 파들어 가기만 하면 언제나 솟아날 것이다.

60　육체는 강건해야 하며 동작이나 자세도 흐트러져서는 안 된다. 정신이 지성적이고 기품이 있을 때는 얼굴에 드러나게 마련인데,

이것은 육신 전체에 대해서도 요구되는 일이다. 그러나 이 모든 일은 언제나 허식 없이 이루어져야 한다.

61 처세술은 무용보다 씨름에 가깝다. 왜냐하면 예측할 수 없는 불의의 공격에 대비하여 항상 꿋꿋이 서 있어야 하기 때문이다.

62 당신이 어떤 사람들에게 인정받기를 원한다면 그들이 어떤 사람들인가를 항상 생각해보라. 그들의 의견이나 욕구의 원천을 알게 되면 부지중에 잘못을 저지르는 사람들을 비난하지 않을 것이며, 그들의 인정을 받으려고 하지도 않을 것이다.

63 '모든 영혼은 알지 못하는 사이에 진리를 빼앗긴다'고 한다. 정의나 절제나 자비심이나 그 밖의 덕에 대하여도 같은 말을 할 수 있다. 이것을 언제나 염두에 둘 필요가 있다. 그렇게 하면 당신은 모든 사람에게 더욱 온화한 태도를 취할 수 있을 것이다.

64 고통을 겪을 때는 고통은 수치가 아니며 지배적인 정신을 해하는 것도 아니라고 생각하라. 왜냐하면 정신은 그것이 이성적이고 사회적인 한, 고통에 의해 손상되지 않기 때문이다.

그리고 대단히 큰 고통을 당할 때에는 '고통에는 한계가 있다. 상상에 의해 다른 것을 덧붙이지 않는 한 고통은 참을 수 없는 것도 아니고, 무한히 계속되는 것도 아니다'라는 에피쿠로스의 말을 상기하여 도움을 받으라. 또한 우리를 불쾌하게 하는 많은 일들, 예컨대 아주 졸린다든지 몹시 덥다든지 식욕이 없다든지 하는 것도 고통의 일종이며, 단지 우리는 이런 사실을 모르고 있을 뿐이라는 것을 기억하라. 따라서 이런 일로 불쾌를 느꼈을 경우에는 자신에게 말하라. 나는 고통에 항복하고 있다고.

65 당신은 잔인한 자들이 인간에 대해 품고 있는 것과 같은 감정
을 그들에 대해 절대 품지 않도록 조심하라.

66 테라우게스가 소크라테스보다 인격이 탁월한지 그렇지 않은지
를 어떻게 알 수 있겠는가? 왜냐하면 소크라테스 쪽이 더욱 고귀
한 죽음을 맞고 소피스트(궤변가)들보다 더욱 의논을 잘하고, 추운
밤에도 태연히 밤을 새우고, 사라미니아 인을 체포하라는 명령을
받았을 때에도 이 명령을 거역하는 것이 현명한 일이라고 생각하
고, '의기양양하게 거리를 활보했다'는 것—만일 그것이 사실이
라면 이런 일은 크게 주목할 만한 일이지만—만으로는 충분치 않
기 때문이다. 우리가 고려해야 하는 것은 소크라테스가 어떤 정
신을 소유하고 있었는가 하는 것이다. 즉 그가 타인의 악에 분노
를 터뜨리지 않고, 타인의 무지에 노예처럼 따르지 않고, 우주에
서 자기에게 할당된 것을 자기와 무관한 것을 받아들이지 않고,
견디기 어려운 것을 참아내는 태도를 취하지 않고, 이성이 비참
한 육신의 영향을 받지 않으면서 참으로 인간에게 공정하고 신에
게 경건하게 살았는가 하는 것이다.

67 당신이 자기의 한계를 분간하지 못하고 스스로 자기 일을 처리
할 수 없을 만큼 자연은 지성과 물체의 구성을 혼합시키지는 않
았다. 신성한 사람이면서도 이것을 알지 못하는 경우는 얼마든지
있을 수 있다. 이 점을 언제나 기억해두라. 그리고 행복하게 사는
데 반드시 필요한 것은 소수에 불과하다는 점도 명심하라. 그리
고 변증가나 물리학자가 되지 못했다고 해서, 그것 때문에 자유

롭고 겸손하며 사회에 기여하고 신에게 순종하는 인간이 되고자
하는 희망을 포기해서는 안 된다.

68 비록 모든 사람들이 당신에게 욕설을 퍼붓고 야수들이 당신의
    사지를 갈기갈기 찢더라도, 당신은 기쁨에 가득찬 마음으로 꿋꿋
    하게 생애를 보내라. 이러한 곤경에서도 마음의 평정을 유지하고
    주위의 사물에 관하여 올바른 판단을 하며 현존하는 대상을 언제
    나 잘 이용하는 태도를 취한다면 무슨 지장이 있겠는가? 이렇게
    하면 자기가 직면하는 사물에 대해 다음과 같이 말할 수 있을 것
    이다. '설사 일반 사람들의 눈에는 잘못된 것으로 보일지라도 사
    실은 이러저러한 것이다' 라고.
        그리고 사물을 이용하는 능력은 자기에게 일어난 일들에 대해
    다음과 같이 말할 수 있을 것이다. "나는 너를 요구하고 있었다. 왜
    냐하면 나에게 현재 주어진 모든 것은 언제나 이성적, 사회적인 덕
    을 발휘하기 위한 재료이며, 한마디로 말해서 인간의 과업과 신의
    역사에 사용할 소재에 지나지 않기 때문이다." 실로 세상에서 일어
    나고 있는 모든 일은 신 또는 인간과 관계가 깊으며 새로운 것도 아
    니고 다루기 어려운 것도 아니며, 친숙하여 처리하기 쉬운 것이다.

69 완전한 인격의 특징은, 마치 하루하루를 자기의 마지막 날인
    것처럼 보내고, 동요하거나 무기력해지지 않고 위선을 행하지 않
    는 것이다.

70 불멸의 신들은 오늘날과 같은 인간들, 그것도 이처럼 악한 인
    간들에게 장구한 시간에 걸쳐 관용을 베풀면서도 불쾌하게 생각
    하지 않는다. 뿐만 아니라, 여러 가지 방법으로 인간들을 돌봐주

신다. 그런데 이제 곧 죽도록 운명 지어진 악한 인간들에게 싫증을 내겠는가? 게다가 당신 자신은 그 악한 인간들 가운데 한 사람이지 않은가?

71 가소롭게도 인간은 자기 자신의 악은 보지 못하고 남의 악만 피하려고 한다. 자기 자신의 악은 피할 수 있지만, 남의 악은 피할 수 없다.

72 우리의 이성적, 사회적인 능력이 이성적이거나 사회적인 것이 아니라고 밝혀놓은 사물을 열등하다고 판단해도 그것은 충분히 근거가 있다.

73 당신이 선한 일을 하고 타인이 당신의 도움을 받았을 때, 당신은 어찌하여 어리석은 사람처럼 선행 이외의 제3의 것을 요구하여 선행을 했다는 평판이나 그 보수를 받으려고 하는가.

74 아무도 이익을 얻는 데는 싫증을 느끼지 않는다. 그런데 자연에 합당한 행위야말로 유익한 것이다. 그러므로 남에게 유익한 일을 하여 자기 자신도 유익하게 하는 데 싫증을 느끼지 말라.

75 만유의 본성은 자기의 충동에 의해 우주를 창조했다. 그런데 현재 일어나는 모든 일은 인과율에 따라 계속해서 일어나거나, 또는 모든 것이 비합리적이어서 우주의 지배적인 힘이 운동의 대상으로 삼고 있는 중요한 사건조차도 이성적 원리의 지배를 받지 않는다. 이 점을 상기하면 여러 가지 면에서 마음의 평정을 얻는 데 도움을 받을 것이다.

8

선과 악에 대하여

1 다음과 같은 사실도 당신이 허영심을 버리게 하는 데 유용하다. 그것은 당신이 전 생애, 아니면 적어도 당신이 젊었을 때 이후 생애를 철학자로서 살아온 것이 아니라는 사실이다. 다른 많은 사람들과 마찬가지로 당신도 철학에서 멀리 떨어져 있다. 당신은 이미 세속에 물들어 철학자로서의 명성을 쉽게 얻지는 못할 것이다. 근본 조건부터가 비뚤어져 있는 것이다.

그러므로 당신이 문제의 소재를 참으로 이해하였다면, 사람들이 당신에 대해 어떻게 생각하든 관심을 갖지 말라. 당신의 남은 생애가 길든 짧든 그 생애를 본성이 원하는 대로 살 수 있다면 그것으로 만족하라. 그러므로 본성이 무엇을 원하는 가를 잘 생각해보고, 다른 일에 한눈을 팔지 말라. 당신도 경험하여 알고 있는 것처럼, 지금까지 당신은 얼마나 길을 잘못 들어 방황했는지 모른다. 그리하여 결국 어디서도 참된 행복을 찾아내지 못했다. 그것은 삼단논법, 부, 명성, 향락에도 없다. 그렇다면 참된 행복은 어디에 있는가? 인간의 본성이 요구하는 데 있다.

그러면 본성이 원하는 것을 어떻게 하면 행할 수 있는가? 자기 자신의 욕구나 행동의 원칙으로서 몇가지 신조를 갖고 있어야 한다.

그것은 어떤 신조인가? 선과 악에 관한 것이다. 예컨대 인간을 바르고 절제 있고 용감하고 자유롭게 하지 않는 것은 어느 것이나 인간에게 선이 될 수 없으며, 이와 반대되는 것으로 이끌지 않는 것은 인간에게 악이 아니라는 신조가 그것이다.

2 당신은 어떤 행동을 할 때마다 "이 일은 나와 어떤 관계가 있는가? 이 일을 하고 나중에 후회하는 일은 없을까?" 하고 자기 자신에게 물어보라. 잠시 후에 나는 죽고 모든 것은 사라져버린다. 현재 내가 하는 일이 이성적 존재이고 사회적 존재이며, 그리

고 신과 동일한 법칙 밑에 있는 인간이 해야 할 일이라면, 그 이상 무엇을 바랄 것인가?

3 알렉산드로스, 가이우스, 폼페이우스 등은 디오게네스, 헤라클레이토스, 소크라테스에 비하면 얼마나 초라한가? 후자의 사람들은 사물과 그 원인과 질료를 잘 알고 있었으며 이들의 지배적인 원리는 그들 자신의 것이었다. 이와 반대로 전자의 경우에는 얼마나 많은 것을 열망했고, 또 얼마나 많은 것에 사로잡혀 있었는가?

4 비록 당신이 화가 치밀어 참을 수 없을 지경이라도, 세상 사람들은 조금도 아랑곳없이 여전히 똑같은 일을 되풀이할 것이다.

5 무엇보다도 상심하지 말라. 왜냐하면 만물은 우주의 본성을 따르고 있기 때문이다. 당신도 마치 하드리아누스나 아우구스투스처럼 곧 아무것도 아닌 자가 되고 어디에서도 찾아볼 수 없게 될 것이다.

　다음에는 자기가 하는 일을 잘 생각해보라. 그리고 당신은 선한 인간이 되어야 한다는 것을 상기하고, 인간 내면의 본성이 요구하는 것은 지체 없이 행하라. 그리고 당신이 가장 정당하다고 생각하는 것을 선의에서 겸손하게 거짓 없이 말하라.

6 우주 본성의 임무는 여기에 있는 것을 저쪽으로 옮기고, 이를 변화시키며 여기에 있는 것을 다른 곳으로 가져가는 것이다. 만물은 변화하고 있으나 새로운 것에 마주칠 염려는 없다. 만물은 우리가 잘 알고 있는 것이며 그 분배도 마찬가지다.

7 모든 본성은 순조롭게 발휘되기만 하면 만족한다. 이성적인 본성이 순조롭게 그 기능을 발휘하는 것은 다음과 같은 경우다. 즉 사념에 있어서 거짓이거나 애매한 것에 동의하지 않고, 욕구를 오직 사회 공익을 위하는 데만 집중시키고, 좋아하고 싫어하는 것을 자기 힘으로 할 수 있는 일에만 국한시키며, 우주의 본성에 의해 자기에게 주어지는 것을 모두 기꺼이 받아들일 경우다. 왜냐하면 모든 특수한 본성은 우주의 본성의 일부이기 때문이다. 예를 들면 잎의 본성은 식물의 본성의 한 부분이다.

그런데 잎의 본성은 무감각, 무이성의 본성, 구속될 수 있는 자연의 일부인 데 반하여, 인간의 본성은 구속받지 않는 예지적인 올바른 자연의 일부다. 왜냐하면 이 자연은 각 사물에 평등하게 그리고 시간, 실체, 원인, 활동, 사건에 따라 분배하기 때문이다. 다만 이때 사물들을 개별적으로 비교하여 모든 면에서 균등한가를 확인하려고 하지 말고, 어떤 사람에게 주어진 것이 전체로서 다른 사람에게 주어진 것의 총화와 같은가를 비교해서 검토하라.

8 '독서는 당신에게 허용되어 있지 않다.' 그러나 당신은 악한 행동을 억제할 수는 있다. 쾌락과 고통을 초월할 수도 있고 허망한 명예욕을 초월할 수도 있다. 사나운 사람들이나 감사할 줄 모르는 사람들에게 화를 내지 않을뿐더러 그들의 어려움을 보살펴줄 수도 있다.

9 궁정 생활에 대한 당신의 불평을 이 이상 다른 사람이 듣지 못하도록 하라. 그리고 당신 자신도 그런 불평을 듣지 않도록 하라.

10 후회란 어떤 유익한 것을 놓쳐버린 데 대한 자책과 같은 것이

다. 선한 것은 반드시 유익한 것으로서 유덕한 사람이 추구하는 것이다. 유덕한 사람은 어떤 쾌락을 놓쳤다고 해서 후회하지는 않을 것이다. 따라서 쾌락은 유익한 것도 선한 것도 아니다.

11 이 사물의 본성 또는 본질은 무엇인가? 그 실체와 질료는 무엇인가? 그 본성의 원인은 무엇인가? 이 세상에서 어떤 일을 하고 있는가? 그리고 얼마나 오래 존재할 것인가?

12 잠자리에서 일어나기 싫을 때에는 사회에 도움이 되는 일을 하는 것은 당신의 본질과 인간의 본성에 적합한 일이지만, 수면은 이성이 없는 동물도 취한다는 것을 상기하라. 각 개인의 본성에 적합한 일이야말로 무엇보다도 참된 것이고 그에게 어울리는 것이며 따라서 무엇보다도 즐거운 것이다.

13 끊임없이 그리고 가능하다면 어떤 경우에나 자기의 사념에 물리학, 윤리학, 논리학의 원리를 적용해보라.

14 어떤 사람을 만나든지 곧 "이 사람은 선악에 관해 어떤 견해를 갖고 있을까?" 하고 자문해보라. 만일 그가 쾌락, 고통과 그 원인, 명예와 불명예, 삶과 죽음에 대해 이러저러한 견해를 갖고 있다는 사실을 안다면 그가 이러저러한 행동을 해도 나는 조금도 놀라거나 이상하게 생각하지 않을 것이다. 그리고 나는 그가 그렇게 행동하지 않을 수 없었다는 것을 기억할 것이다.

15 무화과나무에 무화과가 열린 것을 보고 놀란다면 수치스러운 일인 것처럼, 우주가 본래 맺어야 할 열매를 맺은 것을 보고 놀

라는 것도 수치스러운 일이다. 마찬가지로 의사가 환자에게 열이 있는 것을 보고 놀라거나 타수(舵手)가 회오리바람이 부는 것을 보고 놀란다면 수치스러운 일이다.

16 당신의 의견을 바꾸고 당신의 잘못을 바로잡아 준 사람을 따르는 것도 하나의 자유에 속한다. 왜냐하면 당신 자신의 욕구와 판단에 따라, 특히 당신의 이성에 따라 수행된 행동은 당신 자신의 것이기 때문이다.

17 만일 그 일을 당신이 마음대로 할 수 있다면 무엇 때문에 그 일을 굳이 하는가? 만일 남의 능력에 속한 일이라면 누구를 비난하려는가? 우연인가, 아니면 신들인가? 모두 어리석은 짓이다. 당신은 아무도 비난하지 말아야 한다. 당신에게 가능한 일이라면 그 원인이 되는 것을 바로잡아야 하기 때문이다.

그러나 이것이 불가능할 때에는 그 일 자체라도 바로잡아야 한다. 이것도 할 수 없다면, 비난해본들 당신에게 무슨 소득이 있겠는가? 목적 없이 일어나는 일은 없기 때문이다.

18 죽은 자는 우주 밖으로 떨어져나가는 것이 아니다. 죽은 자가 우주에 머물러 있다면, 우주에서 변화하고 분해되어 그 공유의 원소로 돌아간다. 그것은 우주의 원소이며 또 당신을 구성하는 원소이기도 하다. 그리고 이 원소는 다시 다른 것으로 변하지만 원소는 결코 불평하지 않는다.

19 만물은(말이든 포도나무든) 각각 어떤 목적을 위해 존재한다. 왜 이점을 의심하는가? 태양조차도 "나는 어떤 과업을 수행하기

위해 태어났다"라고 말할 것이다. 그 밖의 신들도 마찬가지다. 그런데 당신의 목적은 무엇인가? 쾌락을 즐기는 것인가? 이런 생활이 허용될 수 있는지 생각해보라.

20　자연은 만물의 발단과 경과뿐만 아니라 그 종말도 섭리한다. 예컨대 공을 던지는 사람의 경우와 마찬가지다. 그런데 공의 입장에서 볼 때 공이 위로 던져졌다고 해서 나쁜 일이라고 할 수 있을까? 또 물거품이 이는 것은 좋은 일이고 물거품이 없어지는 것은 나쁜 일이라고 할 수 있을까? 생명의 빛에 대해서도 같은 말을 할 수 있다.

21　육체의 실상을 살펴보라. 나이를 먹으면 어떻게 되는가? 병들었을 때에는 어떻게 되고 숨을 거둘 때는 어떻게 되는가?

인생은 짧다. 칭찬하는 자나 칭찬받는 자, 또 기억하는 자나 기억되는 자는 모두 잠시 세상에 머물 뿐이다. 그리고 이러한 일은 모두 이 세계의 조그마한 한 모퉁이에서 일어나고 있다. 그런데 이 한 모퉁이에서조차 만인이 서로 같은 의견을 갖는다는 것은 불가능한 일이다.

심지어 자기 자신이 한결같은 의견을 갖는 것조차도 불가능한 일이다. 이 지구 자체가 한 점에 불과하지 않은가?

22　눈앞에 닥친 문제—그것이 의견이든 행동이든 또는 말(언어)이든—를 직시하라. 당신이 그런 일을 당하는 것은 당연한 일이다. 왜냐하면 당신은 오늘 신하게 살기보다 내일 선하게 살려고 하기 때문이다.

23 나는 지금 어떤 행동을 하고 있는가? 나는 인류의 복지와 관련시켜 이 행동을 하고 있다. 나에게 어떤 일이 일어나고 있는가? 나는 이 일을 받아들이고, 신들 및 만물의 근원—이것이 모든 일의 원인이다—과 관련시키고 있다.

24 당신이 목욕에 대해 생각해본다면 올리브유, 땀, 때, 더러운 물 등에 메스꺼움을 느낄 것이다. 인생의 각 부분이나 만물의 각 부분도 이와 비슷하다.

25 루킬라(마르쿠스의 어머니)는 웨루스(마르쿠스의 아버지)를 매장하였으나 그도 매장되었다. 세쿤다는 막시무스의 죽음을 지켜보았으나 그도 죽었다. 에피튠카누스는 디오티무스(하드리아누스 황제가 총애했던 해방 노예)의 임종을 지켜보았으나 그도 죽었다. 안토니누스(아우렐리우스의 양부)는 파우스티나(안토니누스 황제의 왕비)를 매장하였으나 그도 매장되었다. 언제나 같은 일들이 일어나고 있다. 켈레르(하느리아누스 황제의 시종, 웅변가)는 하드리아누스를 매장하고 나서 그 자신도 매장되었다.

그리고 저 두뇌 회전이 날카롭던 사람들, 저 예언자들, 저 교만하던 사람들은 지금 어디 있는가? 예컨대 두뇌 회전이 날카롭던 카라크스나 플라톤 학파의 데메트리오스(견유학파 철학자)나 에우다이몬(점성가)이나 그 밖의 사람들은—지금 어디 있는가? 모두가 덧없이 벌써 옛날에 죽어버렸다. 어떤 사람은 사람들의 기억에서 곧 잊혀졌고, 어떤 사람은 전설의 주인공이 되었고, 어떤 사람은 그 전설에서조차 사라져버렸다. 그러므로 하나의 조그마한 화합물인 당신 자신도 곧 분산되거나 숨결이 끊겨 딴 곳에 놓이게 되는 것이 당신의 운명이라는 것을 기억하라.

26 사람은 사람다운 일을 할 때 만족을 느낀다. 사람다운 일이란 남에게 친절을 베풀고 감각적인 욕망을 경멸하고, 그럴듯한 사상의 진위를 식별할 줄 알고 우주의 본성과 이에 따라 생성하는 사물을 관조하는 것 등이다.

27 당신과 다른 사물들 사이에는 세 가지 관계가 있다. 첫째는 당신을 둘러싸고 있는 육체와의 관계고, 둘째는 만인에게 일어나는 모든 일의 원인과의 관계고, 셋째는 함께 살고 있는 사람들과의 관계다.

28 고통은 육체에 해롭거나—그렇다면 육체는 그렇다고 분명히 말하라—아니면 영혼에 해롭다. 그런데 영혼은 태연자약하여 고통을 악으로 생각하지 않는 능력이 있다. 왜냐하면 모든 판단과 충동과 욕망과 혐오는 마음속에서 일어나며 어떠한 악도 마음속에는 침투하지 못하기 때문이다.

29 당신은 언제나 자기 자신에게 다음과 같이 타이르면서 모든 상상을 씻어내라. "지금 내가 생각하기에 따라서는 이 영혼 속에서 악의나 색정도 몰아낼 수 있고, 그밖에 마음을 어지럽히는 것을 일체 범접하지 못하게 할 수 있다. 그리고 만물을 있는 그대로의 모습으로 통찰하고, 각각 그 가치에 따라 이용할 수 있다"고. 자연은 이러한 능력을 당신에게 부여했다는 것을 명심하라.

30 원로원에서 다른 사람과 이야기할 때는 조리 있고 공정하게 말하라. 그리고 평이한 말을 사용하라.

31 아우구스투스 황제의 궁정—그의 아내, 딸, 자손, 조상, 자매, 아그립파, 친척, 측근, 친구, 아레이스(아우구스투스 측근 철학자), 마에케나스(아우구스투스의 상담사, 문학자들의 후원자), 의사, 사제 등—의 사람들은 모두 죽어버렸다.

한 사람의 죽음이 아니라 폼페이우스의 경우와 같이 일족 전체의 멸망을 상기하면서 다른 사람들의 운명을 생각해보자. 그리고 묘비에 쓰여 있는 '일족 중에서 최후의 사람'이라는 말을 생각해보라. 그 조상들은 후손을 남기려고 무던히 애를 썼을 것이다. 그러나 누군가가 결국은 최후의 사람이 되어야만 했다. 여기서도 어느 일족 전체가 죽은 것이다.

32 인생을 건설해나가려면, 하나하나의 행동에서 시작하게 된다. 그리고 개개의 행동이 가능한 범위 내에서 그 목적을 달성한다면 그것에 만족해야 한다. 개개의 행동이 그 목적을 달성하는 것을 방해하는 자는 없다. 그런데 밖에서 방해가 있지 않을까? 그러나 당신의 정당하고 건전하고 신중한 행동을 방해할 자는 없다. 그러나 어떤 다른 형태의 행동이 방해한다면? 그 경우에는 그 장해를 기꺼이 받아들여 가능한 일에 힘을 기울여 즉시 다른 행동—앞에서 말한 인생의 건설에 도움이 되는—으로 이를 대치할 수 있을 것이다.

33 자만심 없이 부나 영화를 받아들여라. 그러나 아낌없이 버릴 각오를 하라.

34 혹시 당신은 손이나 발이나 머리가 잘려나가 몸뚱이에서 조금 떨어진 곳에서 뒹구는 광경을 보았을지 모른다. 자기에게 일어나

는 일에 만족하지 못하고 다른 사람들에게서 동떨어져서 비사회적인 행동을 하고 있는 사람은 바로 이와 같은 것이다. 당신은 자연의 통일성에서 벗어났다. 당신은 자연의 일부로 태어났는데 스스로 자연과 절연한 것이다.

그러나 아직도 당신에게는 아름다운 섭리가 작용하고 있어서 다시 자연의 통일성으로 되돌아갈 수 있다. 신은 인간이외의 다른 것에는 일단 산산조각 난 것을 다시 본래대로 결합시키는 능력을 허용하지 않았다.

보라, 영광스럽게도 신이 인간에게 베푼 자비를. 신은 인간에게 우주에게 분리될 수 없도록 만들었다. 그러나 인간이 우주로부터 분리되었을 때, 다시 돌아와 일체를 이루고 우주의 일부로서의 위치를 되찾을 수 있게 하였다.

35 우주의 본성은 각각의 이성적 동물에게 거의 모든 능력을 부여했는데, 이 본성으로부터 다음과 같은 능력도 주어진 것이다. 즉 우주의 본성은 자기를 방해하고 저항하는 것을 모두 자기 자리로 되돌아가게 해서 자기의 일부로 만들어버리는 것처럼, 이성적인 동물로 그 목적이 무엇이든 모든 장애물을 그 목적을 달성하기 위한 자료로 이용할 수 있다.

36 당신의 전 생애를 생각해보고 괴로워하지 말라. 자기 앞에 닥칠지도 모르는 고난을 머릿속에 그려보지 말라. 그보다 현재 일어나고 있는 하나하나의 일에 대해 '이 중에서 감당하기 어렵고 참기 힘든 것이 있었는가?' 하고 자문해보라. 이런 면이 있다는 것을 스스로 인정하게 되면 부끄러움을 누르기 어려울 것이다.

그 다음에 당신은 미래나 과거가 아니라 현재가 언제나 자기에게 무거운 짐이 된다는 것을 상기하라. 그러나 그런 점은 그것만을 따로 떼어서 생각해보면 작게 보인다. 그리고 이 정도 일에 대항하지 못할 경우에는 자기를 크게 꾸짖으면 최소한으로 감소된다.

37 판테이아, 또는 페르가무스는 지금도 그 주인의 무덤 앞에 꿇어앉아 있을까? 카우리아스나 디오티무스는 지금도 하드리아누스의 무덤 옆에 꿇어앉아 있을까? 생각하기조차 우스운 이야기다. 만일 그들이 줄곧 무릎을 꿇고 있다면, 주인들은 그런 줄 알까? 또 그런 줄 안다면 기뻐할까? 만일 기뻐한다면 그것을 그 종들이 불사신이 될까?

그들도 노인이나 노파가 되었다가 죽고 말 운명이 아니었던가? 이들이 죽어버리면 다른 사람들은 어떻게 될까? 모두가 부질없고 하찮은 일이다.

38 만일 당신에게 날카로운 눈이 있다면, 속담에서 말하는 것처럼 '잘 보고 현명한 판단을 내려라.'

39 나는 이성적 동물의 본질에서 정의와 반대되는 덕을 찾아낼 수 없다. 그러나 나는 쾌락과 반대되는 덕을 찾아낼 수 있다. 그것은 절제다.

40 자기를 괴롭히고 있다고 생각되는 것에 대한 당신의 의견을 버린다면 당신은 절대로 안전하다. 나는 무엇인가? 이성이다. 그러나 나는 이성 그 자체는 아니다. 그렇다면 이성 자체가 자기 자신을 괴롭히는 일이 없도록 하라. 그러나 당신의 다른 부분(육체)

이 괴로움을 받는다면, 그 부분으로 하여금 고통에 대한 의견을 찾게 하라.

41 감각적인 지각에 대한 장애는 동물의 본성에 대하여는 악이다. 마찬가지로 운동에 대한 장애도 동물의 본성에 대하여는 악이다. 이와는 다르지만 식물의 구조에 대해 장애가 되고 악이 되는 것이 있다. 이와 마찬가지로 예지를 방해하는 것은 예지적 본성에 대하여는 악이다.

　　그렇다면 이 모든 것을 당신 자신에게 적용해보라. 고통이나 쾌락이 당신을 사로잡는가? 이 점은 감각이 알고 있을 것이다. 어떤 충동에 사로잡혀 행동하려다가 장애에 봉착했는가? 만일 당신이 무조건 충동에 따른다면 그것은 '만일 이성을 지닌다면' 당신은 아직 아무 손해도 방해도 받고 있지 않다. 이성의 고유한 활동을 방해하는 자는 (당신 자신을 제외하고는) 없다. 불이나 강철, 폭군이나 치욕, 그 밖에 어떤 것도 이성에 상처를 주지 못하기 때문이다. 이성은 '일단 원형이 되면 언제나 원형으로 있다.'

42 내가 나 자신을 괴롭힐 수는 없다. 왜냐하면 나는 아직 남을 의식적으로 괴롭힌 일이 없기 때문이다.

43 어떤 일은 어떤 사람을 기쁘게 하고, 또 다른 일은 다른 사람을 기쁘게 한다. 그러나 나의 기쁨은 나의 지배적 능력이 건전하여 다른 사람이나 나에게 일어나는 모든 일을 싫어하지 않고 모든 것을 반갑게 받아들이고 각각의 가치에 따라 활용하는 데 있다.

44 현재의 시간을 자기에게 주어진 선물로 생각하고 이에 충실하

라. 사후의 명성을 추구하는 사람은 후세의 사람들도 그가 지금 싫어하는 사람들과 조금도 다름이 없고 그들도 역시 죽어야 할 운명에 있다는 것을 생각하지 못하고 있는 것이다. 후세의 사람들이 당신에 대하여 어떻게 말하든 또 당신에 대해 어떤 의견을 갖든 그것이 당신과 무슨 상관이 있는가?

45 나를 들어서 어디든지 당신이 좋아하는 곳에 던져라. 나는 그 곳에서도 나의 다이몬(신성)을 평정하게 유지할 것이다. 평정이란 자기가 자기의 고유한 본질에 적합한 태도와 행동을 취하는 한 그것으로 만족하는 것을 의미한다.

이런 장소의 이동 때문에 내 영혼이 괴로워하고 참된 자기보다 비천해지고 낮아지고 굶주리고 위축되고 깜짝 놀랄 필요가 있을까? 대체 당신은 이렇게 될 만한 원인을 찾아낼 수 있을까?

46 인간에게는 비인간적인 일은 일어나지 않는다. 황소에게는 황소의 본성에 맞지 않는 일은 일어나지 않고 포도나무에게는 포도나무의 본성에 맞지 않는 일은 일어나지 않으며 돌에도 돌의 본성에 맞지 않는 일은 일어나지 않는다.

이처럼 모든 사물에는 각각 그 본성에 맞는 일만 일어나는데 무엇 때문에 당신은 불만을 품는가? 우주의 본성은 당신이 견디어 낼 수 없는 일은 일으키지 않는다.

47 당신이 어떤 외부적인 이유로 괴로워한다면, 당신을 괴롭히는 것은 그 외부적인 일 자체가 아니다. 그 일에 관한 당신의 판단이다. 그런데 그 판단은 당신의 생각 하나로 금세 지워버릴 수 있다.

그리고 당신을 괴롭히는 것이 당신의 마음가짐 속에 있다면, 자기 생각을 고치는 것을 누가 방해하겠는가? 마찬가지로 만일 당신이 자기 자신에게 옳다고 생각되는 행동을 하지 않기 때문에 괴로워한다면, 그렇게 괴로워하는 대신 차라리 그런 행동을 취하지 말아야 한다.

제거할 수 없는 장애물이 당신 앞을 가로막는가? 그렇다고 괴로워하지 말라. 그 일을 하지 못하는 것은 당신 때문이 아니니까. 그러나 그 일을 하지 않으면 살아가는 보람을 느낄 수 없는가? 그렇다면 인생에서 떠나라. 자기가 하고 싶은 일을 하고 죽는 사람답게, 장애물에 대해서 화를 내지 말고 만족스러운 마음으로 세상을 하직하라.

48 지배적인 능력이 침착하게 자기 자신에게 만족하고 자기가 바라지 않는 일을 피한다면, 지배적인 능력은 결코 패배하지 않는다는 것을 알아야 한다. 그렇다면 지배적인 능력이 이성은 도움을 받아 신중하게 판단을 내렸을 경우에는 어떻게 될까? 정념에 의해 흔들리지 않는 정신은 하나의 요새다. 인간에게 이 요새보다 견고한 곳은 없다. 일단 그곳으로 피신한다면 그 후에는 안전하게 지낼 수 있기 때문이다. 그러므로 이런 사실을 모르는 사람은 무지한 사람이고, 이 사실을 알면서도 그곳에 피신하지 않는 사람은 불행하다.

49 최초의 인상 이상의 것을 마음에 담아두지 말라. 어떤 사람이 당신을 헐뜯는다는 말을 들었다고 하자. 이것은 전해들은 말에 지나지 않는다. 그러나 그가 전한 말에는 당신이 이 험담 때문에 해를 입었다는 말은 들어 있지 않다. 나는 내 아들이 앓아누운

것을 본다. 그러나 내 아들이 위독한지 그렇지 않은지는 알지 못한다.

이와 같이 언제나 최초의 인상만을 받아들이고 마음속에서 다른 의견을 첨가하지 말라. 그러면 당신에게는 아무 일도 일어나지 않는다. 혹은 그보다도 차라리 이 세상에서 일어나는 모든 일을 통찰한 자로서 자기 의견을 첨가하라.

50 "이 오이는 맛이 쓰다." 그러면 그것을 버려라. "길에 가시덤불이 있다." 그러면 그것을 피해서 가라. 이것으로 족하다. "어찌하여 세상에 이런 것들이 생겨났을까?"하고 불평하지 말라. 그런 불평을 하면 자연을 잘 알고 있는 사람들에게 비웃음을 사게 될 것이다. 만일 당신이 목수나 제화공의 작업장에 가서 대팻밥이나 가죽 조각이 널려 있다고 꾸짖는다면 그들의 웃음거리가 되는 것과 마찬가지다. 다만 목수나 제화공은 그 대팻밥이나 가죽 조각을 버릴 곳을 알고 있지만 자연은 자기 이외에 아무것도 갖고 있지 않기 때문이다.

그러나 자연은 이와 같이 여유가 없으면서도 그 안에 있는 것들이 부패하거나 노쇠하거나 무용지물이 되거나 하면 이를 변화시켜 새로운 사물을 만들어낸다. 따라서 자연은 밖에서 물질을 받아들일 필요가 없고 쓰레기를 버릴 장소도 필요로 하지 않는다. 자연은 자기의 장소, 자기의 재료, 자기의 독특한 기술로 족하다.

51 행동이 거칠거나 대화에 조리가 없거나 사상이 혼미해서는 안 된다. 영혼은 지나치게 안으로 집중되거나 밖으로 흩어져서는 안 되며, 인생에서는 여유를 잃지 말라.

사람들이 당신을 죽이고, 사지를 찢고, 저주를 한다고 상상해보

라. 이런 일이 정신을 깨끗하고 현명하고 건전하고 올바르게 가꾸려는 당신의 노력을 방해할 수 있을까? 예를 들어 사람들이 맑은 샘물 옆에 서서 이 샘물을 저주한다 해도 이 샘물은 맑은 물을 내뿜기를 그치지 않을 것이다. 또한 그 속에 진흙을 던지든, 똥을 던지든 샘물은 재빨리 이를 흘려보내고 그 자국을 씻어내어 조금도 더러움을 타지 않을 것이다.

그렇다면 당신은 어떻게 해야 평범한 샘물이 아니라 끊임없이 치솟는 영원한 마음의 샘물을 지닐 수 있겠는가? 언제나 선의와 성실과 겸손한 태도로 자유를 누리면 된다.

52 우주가 무엇인지 모르는 사람은 자기가 어디 있는지 알지 못한다. 우주가 무엇 때문에 존재하는지 모르는 사람은 자기가 어떤 존재이며 우주가 무엇인지 모른다. 그런데 이런 문제를 하나라도 등한히 여기는 사람은 자기가 무엇 때문에 살아가는지 말할 수 없을 것이다. 또한 자기가 어디 있는지 또 자기가 어떤 존재인지도 모르면서 박수갈채를 보내는 자들의 비난을 피하거나 칭찬을 바라는 인간 - 이런 인간을 당신은 어떻게 생각하는가?

53 당신은 한 시간 동안 세 번씩이나 자기 자신을 저주하는 인간에게서 칭찬을 받고 싶은가? 자기 마음에도 들지 않는 인간의 마음에 들고 싶단 말인가? 자기가 한 일의 거의 전부를 후회하는 인간이 자기 자신의 마음에 든다고 할 수 있을까?

54 이제 자기를 에워싼 공기를 호흡하는 데만 그치지 말고, 앞으로는 당신의 이성이 만물을 포용하고 있는 이성과 조화를 이루어야 한다. 호흡 능력이 있는 자를 공기가 가득 에워싸고 있는 것

처럼, 이성은 곳곳에 널리 퍼져 이것을 받아들일 수 있는 자의 주위에 가득하다.

55 일반적으로 말해서 악덕은 우주에 전혀 해를 끼치는 않는다. 그리고 어떤 사람의 악덕은 타인에게 전혀 해를 끼치지 않고 그 당사자에게만 해로운 것이다. 그는 원하기만 하면 곧 악으로부터 풀려날 수 있는 능력을 소유하고 있다.

56 내 자유의지는 이웃 사람의 자유의지와는 직접적인 관계가 없다. 그것은 그의 호흡과 육신이 나와 직접적인 관계가 없는 것과 같다. 우리는 비록 각별한 상호의존의 관계에 있더라도 각자의 지배적인 능력은 각각 독자성을 갖고 있다. 그렇지 않다면 이웃 사람의 악덕은 나에게 재앙이 될 것이다. 그러나 신은 다른 사람 때문에 내가 불행하게 되는 일이 없도록 하기 위해 이런 일을 원치 않는다.

57 햇살은 쏟아져 내리는 듯이 보인다. 그것은 실로 곳곳에 확산되고 있지만 고갈되는 일이 없다. 왜냐하면 이 확산은 하나의 확장이기 때문이다. 어쨌든 햇살은 광선이라고도 하는데 이것은 '확장한다'는 말에서 온 것이다. 햇살이 무엇인가 하는 것은 그것이 좁은 틈바구니를 통하여 어두운 방 안에 스며드는 것을 보면 알 수 있을 것이다. 광선은 똑바로 확산되고 어떤 고체가 앞을 가로막아 공기의 유통을 방해하면 굴절한다. 그러나 빛은 여기서 정지하는 것이지, 미끄러지거나 추락하는 것은 아니다.
　정신의 확산과 파급도 이와 같아서 고갈되지 않고 확장되어야 한다. 도중에 어떤 장애물이 있어도 이것과 크게 충돌하거나 추락하지 않고 자기를 받아들이는 자를 비춰줘야 한다. 실로 이 빛을 받아들이지 않는 자는 자기 자신에게서 스스로 이 빛을 빼앗는 것이다.

58 죽음을 두려워하는 자는 감각의 상실이나 또는 다른 종류의 감각을 두려워하는 것이다. 그런데 죽은 후에 감각이 없어진다면 당신은 아무 해악도 느끼지 못할 것이다. 그리고 사후에 만일 다른 감각을 얻게 된다면 당신은 전혀 딴 존재가 되어 계속해서 살아갈 것이다.

59 인류는 서로 협조하기 위해 창조되었다. 그러므로 상대방을 가르치거나 아니면 참아라.

60 화살의 움직임과 정신의 움직임은 각각 다르다. 그럼에도 불구하고 정신이 신중하게 자기 자신을 돌아보거나 혹은 생각에 전념하고 있을 때에는 화살 못지않게 그 목적을 향해 똑바로 날아간다.

61 모든 사람의 지배적인 능력을 살펴보라. 또한 다른 사람들로 하여금 당신의 지배적인 능력을 살펴보게 하라.

9

혼돈에 대하여

1　부정한 행동을 하는 사람은 경건하지 못한 사람이다. 왜냐하면 우주의 본성은 이성적인 동물(인간)로 하여금 각자의 능력에 따라 서로 돕고 결코 서로 해를 입지 않게 지었기 때문이다. 따라서 이 본성의 뜻을 어기는 사람은 분명히 신들 중에서도 최고의 신에게 불경죄를 범하는 것이다.

거짓말쟁이도 역시 최고신에게 불경죄를 범하고 있다. 왜냐하면 우주의 본성은 모든 존재의 본성이며, 모든 존재는 지금까지 존재한 만물과 밀접한 연관을 갖고 있기 때문이다. 그리고 이 본성은 진리라고도 불려지며 모든 참된 것의 첫 번째 원인이다. 따라서 고의로 거짓말을 하는 자는 사람을 속여 부정행위를 하고 있다는 점에서 불경죄를 범하고 있는 것이다. 또한 마지못해 거짓말을 하는 사람은 우주의 본성과 부조화를 이루고 우주의 본성에 반역하여 무질서를 초래하는 점에서 역시 불경죄를 범하고 있다. 왜냐하면 비록 자기의 의사가 아니더라도 진실한 것에 위배되는 입장에 선다는 것은 본성에 반역하는 것이기 때문이다. 그는 처음에 거짓과 참된 것을 분간하는 능력을 자연에서 물려받았으나 이 능력을 소홀히 했기 때문에 거짓과 참된 것을 분간하지 못하게 되었다.

이 밖에 쾌락을 선이라고 하여 추구하고 고통을 악이라고 하여 피하는 사람도 불경죄를 범하고 있다. 왜냐하면 이런 사람은 반드시 우주의 본성에 대하여 때때로 다음과 같이 비난할 테니 말이다. "우주의 본성은 악인과 선인에 대한 분배가 불공평하다. 왜냐하면 자주 악인은 쾌락을 누리는 것을 모조리 소유하고 있는데 반해 선인은 고통을 당하고 고통을 일으키는 것을 소유하게 되지 않는가?"하고. 그리고 고통을 두려워하는 사람은 세상에 장차 일어날 일에 대해서도 두려움을 느낄 것이다. 이것은 이미 불경죄를 범하는 것이다. 그리고 쾌락을 추구하는 사람은 부정에서 떠날 수 없을 것이다. 이것은 분명히 불경죄를 범하는 것이다.

그러므로 우주의 본성이 공평하게 다루는 대립물에 대하여는 우주의 본성과 같은 정신으로 공평하게 다루어야 한다. 이 대립물을 공평하게 다룰 수 없다면 우주의 본성은 대립물을 창조하지 않았을 테니 말이다. 따라서 고통과 쾌락, 죽음과 삶, 명예와 불명예 등 우주의 본성이 공평하게 다루는 것에 대하여 공평한 처사를 할 수 없는 사람은 분명히 불경죄를 범하는 것이다.

우주의 본성이 이것을 공평하게 다룬다는 뜻은 모든 일이 연이어 어떤 연쇄에 따라 현재 태어나는 자나 앞으로 태어날 자에게 모두 공평하게 일어난다는 것이다. 그것은 섭리의 어떤 근원적인 욕구에 의해 일어나는 것이며 그 욕구에 따라 섭리는 어떤 출발점에서부터 이 우주를 형성하게 된다. 그때 우주의 본성은 장차 일어날 사물에 관한 일종의 원리를 파악하고 이러한 존재와 변화와 그 밖의 계기를 산출하는 힘을 결정한 것이다.

2 거짓말이 무엇이고 위선이나 사치나 교만이 무엇인지도 모르고 인류 속에서 사라지는 것은 인간으로서 분명히 바람직한 일이다. 그러나 그런 것이 진저리가 나서 숨을 거두는 것도 두 번째로 바람직한 일이다. 당신은 차라리 악덕에 젖어 살기로 했는가? 이 열병에서 벗어나고 경험이 당신을 설득하지 않았는가? 실로 정신의 타락은 우리를 에워싼 공기의 어떤 오염이나 변질보다 훨씬 무서운 것이다. 왜냐하면 후자는 동물의 열병으로 동물성에 영향을 주고, 전자는 인간의 열병으로 인간성에게 영향을 미치기 때문이다.

3 죽음을 경멸하지 말라. 이것도 자연이 원하는 것의 하나이므로 환영하라. 예컨대 청년이 되고, 나이를 먹고, 성장하고, 성숙하고, 이빨이나 수염이나 백발이 생기고, 임신하고, 분만하는 등 그 밖에 인생의 각 단계가 가져다주는 자연의 작용도 역시 소멸인 것이다. 따라서 이것을 잘 간파한 인간에게 어울리는 태도는 죽음에 대하여 무관심하거나 비통해하거나 모멸감을 갖지 않으며, 자연 현상의 하나로 생각하고 죽음을 기다리는 것이다. 그리하여 마치 당신이 지금 아내의 태내에서 아기가 태어날 때를 기다리는 것처럼, 당신의 영혼이 이 육체라는 껍질에서 벗어나는 때를 기다릴 일이다.

그러나 죽음에 대해 당신을 대범해질 수 있게 하고 당신의 마음을 달래주는 일반적인 처세훈이 있다면 그것은 당신이 곧 떠나게 될 이 세상이 어떤 것이며, 당신의 영혼이 곧 관계를 갖지 않게 될 사람들의 성질이 어떤 것인가를 바라보는 것이리라. 당신은 물론 그들에게 화를 내서는 안 되며 오히려 그들과 사이좋게 지내야 한다.

그러나 당신은 당신과 신념이 같지 않은 사람들에게서 곧 해방된다는 것을 기억해야 한다. 우리에게 인생에 애착을 느끼게 하는 유일한 것이 있다면, 그것은 우리와 신념이 같은 사람들과 함께 사는 것이 허용되는 경우이다. 그러나 당신은 사람들과 함께 조화를 이루지 못하고 사는 것이 얼마나 피곤한 일인지 잘 알고 있을 것이다. 그리하여 당신은 다음과 같이 말하게 될 것이다. "오, 죽음이여, 빨리 오라. 나까지도 자기의 본분을 잊어버리는 일이 없도록!"이라고.

4 남에게 죄를 저지르는 사람은 자기 자신에게 죄를 저지르는 것

이다. 부정한 행동을 하는 사람은 자기 자신을 나쁜 사람으로 만들므로 자기 자신에 대해 부정한 행동을 하는 것이다.

5 어떤 행동을 했기 때문에만 부정을 저지르게 되는 것이 아니다. 어떤 행동을 하지 않았기 때문에 부정을 저지르는 경우도 적지 않다.

6 현재의 의견이 납득할 만한 것이고 현재의 행위가 사회에 유용한 것이며, 현재의 마음이 세상에 일어나는 모든 일에 만족한다면 그것으로 충분한 것이다.

7 상상의 산물은 말살해버려라. 충동은 억제하라. 지배적인 능력을 자기의 지배 아래 두라.

8 이성을 갖지 못한 동물에게는 하나의 생명이 주어져 있을 뿐이다. 그러나 이성적인 동물에게는 하나의 지혜로운 영혼이 주어져 있다. 그것은 마치 땅에 생산되는 모든 것에는 하나의 땅이 있고 우리에게는 사물을 보게 하는 하나의 빛이 있으며, 시각과 생명을 가진 자에게는 호흡하는 하나의 공기가 있는 것과 같다.

9 공통된 점을 갖고 있는 모든 것은 자기와 동류가 되는 것을 요구한다. 흙에서 나온 것은 흙을 그리워하고 액체는 모두 함께 흘러가며 기체도 마찬가지다. 그러므로 이런 것들을 분리시키려면 사이를 차단하는 장애물을 놓아두거나 폭력을 사용해야 할 정도다. 불은 그 원소의 성질 때문에 위로 치솟게 되며 지상의 모든 불과 함께 타오르기 쉽고 모든 물질은 조금이라도 건조하면 쉽게

타버린다. 그것은 연소를 방해하는 요소가 조금밖에 섞여 있지 않기 때문이다.

그러므로 공통된 이성적인 본성을 함께 가지고 있는 자들도 마찬가지로, 또는 그 이상으로 동류를 요구한다. 이것은 다른 것에 비해 뛰어나므로 동류와 쉽게 어울리고 융합되기 때문이다.

한편 이성을 갖지 못한 동물 가운데서도 벌 떼나 가축의 무리나 새끼를 기르는 어미새의 무리에게서는 사랑 같은 것도 찾아볼 수 있다. 이런 동물에게도 영혼이 있기 때문이다. 이들 고등 동물의 사회적인 본능은 식물이나 돌이나 목재에서는 결코 찾아볼 수 없는 것이다. 이성적 동물(인간)에게는 정치적 공동체와 우정과 가정, 집회 등이 있고 전시에는 동맹과 휴전이 있다. 그러나 더욱 탁월한 것들, 예컨대 별들은 멀리 떨어져 있지만 일종의 통일성을 갖는다. 이와 같이 보다 뛰어날수록 설사 분리되어 있더라도 그 사이에 공감적인 유대를 갖고 있는 것이다.

그런데 지금 어떤 일이 일어나고 있는가를 보라. 오직 이성적인 동물만이 이런 상호간의 친화성과 호응을 망각하고 있으며, 이들 사이에서만 동류의 합류현상을 찾아볼 수 없다. 그러나 그들이 이런 결합을 기피하더라도 그것은 허사다. 그들은 결합하려는 본성이 강하기 때문이다. 잘 관찰해보면 당신도 이러한 사실을 발견할 수 있을 것이다. 세상에 완전히 고립된 인간은 없는 것이다. 흙에서 나온 것 중에 흙과 인연을 끊은 것을 찾아내는 것이 세상과 완전히 남을 쌓은 인간은 찾아내는 것보다 쉬울 것이다.

10 인간도 신도 우주도 각각 고유한 계절에 열매를 맺는다. 흔히 열매를 맺는다는 말은 포도나무나 그 밖에 이와 비슷한 식물에게만 적용되지만 그것은 아무래도 무방하다. 이성은 만유와 자기

자신을 위해 열매를 맺는데, 이성 자체와 동일한 성질의 열매를
맺는다.

11 만일 가능하다면 잘못을 저지른 자를 잘 타일러 그 마음을 바
로잡아 줘라. 만일 그렇게 할 수 없으면, 이런 경우를 위해 당신
에게 관용이 주어져 있다는 것을 상기하라. 신들도 이런 사람들
에게 관용을 베푼다. 또한 일정한 목적을 위해 그들에게 협력하
기를 아끼지 않으며 그들이 건강, 부, 명예 등을 얻는 것을 돕는
다. 이처럼 신들은 자비롭다. 당신도 그렇게 할 수 있다. 그렇지
않다면 누가 그것을 방해하는지 말해보라.

12 일하라. 그러나 비참한 자로서 일하지는 말라. 또한 남에게 동
정을 구하거나 칭찬을 듣고 싶어서 일하지는 말아라. 다만 당신
이 일을 할 것인지 하지 않을 것인지 하는 것은 사회적인 이성의
지시에 따라 결정하라.

13 나는 오늘 모든 근심과 걱정에서 풀려났다. 아니 그것들을 모
두 밖으로 내동댕이쳤다고 말하는 것이 오히려 적절한 표현일 것
이다. 왜냐하면 그것은 외부에 있었던 것이 아니니라, 내부에 즉
나의 주관 속에 있었기 때문이다.

14 만물은 동일하다. 경험에 있어서는 잘 알고 있는 것이다. 시간
에 있어서는 하루살이와 같은 것이고, 소재에 있어서는 무가치한
것이다. 우리가 묻어준 사람들의 시대에 존재하던 것이나 현재
존재하고 있는 것이나 조금도 다름이 없다.

15 사물은 자기 자신에 대해 아무것도 모르고, 또 어떤 의견도 표명하지 않으면서 따로따로 떨어져서 우리의 외부에 존재하고 있다. 그러면 이런 사물들에 대해 판단하는 자는 누구인가? 그것은 지배적 능력이다.

16 이성적, 사회적 동물의 선과 악은 피동적인 상태에 있는 것이 아니라 행동하는 가운데 나타난다. 그것은 그의 덕과 악덕이 수동적인 상태에 있지 않고 행동하는 가운데 나타나는 것과 같다.

17 공중에 던져진 돌의 입장에서 보면, 아래로 떨어지는 것이 나쁜 일이고 위로 올라가는 것이 좋은 일이라고 할 수는 없다.

18 그들의 지배적인 이성을 깊이 들여다보라. 그러면 당신이 두려워하는 재판관이 어떤 인간들이며, 또 그들이 자기 자신에 대해서는 어떤 재판관인지를 당신은 알 수 있을 것이다.

19 만물은 변화하고 있다. 당신 자신은 끊임없이 변화하고, 어느 의미에서는 분해되고 있다. 그렇다. 우주 전체가 그렇다.

20 남의 죄는 눈감아줘라.

21 활동의 정지, 욕구나 주관의 단절, 말하자면 죽음은 나쁜 일이 아니다. 이번에는 인생의 각 단계에 눈을 돌려보자. 예컨대 유년기, 소년기, 장년기, 노년기 등의 변화는 각각 하나의 죽음이다. 여기에 무슨 두려움이 있는가? 이번에는 당신이 할아버지 밑에서 지내던 시절을 생각해보라. 다음에는 어머니 밑에서 지내던 시절

과 아버지 밑에서 지내던 시절을 생각해보라. 거기서 여러 가지 차이점과 변화와 정지를 발견하고 자문해보라. "여기에 무슨 두려움이 있는가?"하고 자문해보라. 마찬가지로 인생 전체의 종국과 단절과 변화 속에도 두려움은 전혀 없는 것이다.

22 당신 자신의 지배적 능력과 우주의 지배적 능력과 그리고 이웃 사람의 지배적 능력을 검토해보라. 당신 자신의 지배적 능력은 당신의 행동을 바르게 하기 위해 검토하라. 우주의 지배적 능력은 당신이 무엇의 부분인가를 잊지 않기 위해 검토하라. 그리고 이웃 사람의 지배적 능력은 그가 무지 때문에 그런 행동을 했는지 또는 잘 알고 있으면서도 그런 행동을 했는지를 가려내고, 동시에 그의 지배적 능력도 당신과 동일한 것임을 확인하기 위해 검토하라.

23 당신 자신이 사회 조직을 보충하여 이를 완전한 것으로 만드는 한 요소인 것처럼, 당신의 모든 행동도 사회생활을 보충하여 이를 완전한 것으로 만드는 한 요소가 되게 하라. 당신의 행위가 직접적이든 간접적이든 사회적인 목적과 관련을 갖지 않는 것은 모두가 사회생활을 혼란시키고 그 통일을 방해하여 분열을 일으킨다. 그것은 마치 대중 집회에서 어떤 사람이 멋대로 행동하여 전체의 분위기를 깨뜨리는 것과 같다.

24 어린애의 말다툼과 유희, 그리고 시체를 매고 다니는 가엾은 영혼—이것이 인생이다. 이제 '죽은 자에의 기원'도 분명히 실감이 날 것이다.

25 어떤 대상의 형상적인 성질을 고찰하려면 이 성질은 그 소재에서 분리시켜야 한다. 다음에 이것이 특수한 형태로 어느 정도 지속할 수 있는지를 알아보라.

26 당신의 지배적 능력이 마땅히 해야 할 일을 하는 것으로 만족하지 못했기 때문에 당신은 무수한 고난을 겪어왔다. 그러나 이제 이런 일은 없어야 한다.

27 타인이 당신을 비난하거나 미워할 때 또는 이와 비슷한 감정을 입 밖에 낼 경우에는 그들의 영혼을 들여다보고 그들이 어떤 인간인지 알아보라. 그러면 그들이 당신을 어떻게 생각하든 걱정할 필요가 없다는 것을 알게 될 것이다.

그러나 당신은 그들에게 온화한 태도를 취해야 한다. 왜냐하면 그들은 본성상 당신의 친구이며, 신들도 꿈이나 신탁에 의해 그들이 가치 있다고 생각하는 일을 성취하도록 돕기 때문이다.

28 우주의 주기적인 운동은 위에서 아래로, 영원에서 영원까지 변함이 없다. 우주의 정신이 개별적인 결과를 야기시키면서 움직인다면 그 결과에 만족하라. 그렇지 않다면 우주의 정신은 한번 움직이고 그 밖의 모든 일은 말하자면 인과율에 의해 일어나는 것이다. 그러나 이것은 어느 쪽이라도 무방하지 않은가? 우주는 이를테면 원자로 되어 있고 또 '불가분의 것이기' 때문이다. 요컨대 만일 신이 존재한다면 그것으로 충분하다. 그러나 만일 만물이 우연히 된 것이라면 당신까지 우연의 지배를 받을 필요가 없지 않은가?

얼마 후에 흙이 우리를 모두 덮어버릴 것이다. 다음에 흙 자체로 변화할 것이며 이러한 변화는 영원히 계속될 것이다. 이 변화와 변형이라는 파도의 움직임과 속도를 헤아려보는 사람은 죽어가는 모든 것을 경멸하게 될 것이다.

29 우주 생성의 원인은 말하자면 하나의 격류다. 그것은 만물을 휩쓸어간다. 그런데 보통사람이면서 철학자처럼 행동하려고 나서는 자들은 얼마나 비천한 소인인가! 모두들 철없는 소리를 지껄이는 바보에 지나지 않는다. 그렇다면 인간이여, 자연이 욕하는 것을 행하라. 가능한 한 분발하고 남이 알아주기를 원하여 두리번거리지 말라.

플라톤의 이상국가를 기대하지 말라. 그러나 사소한 일이라도 순조롭게 진행되면 그것으로 만족하고, 그것을 사소한 일이 아니라고 생각하라. 누가 남의 신념을 변하게 할 수 있겠는가? 신념을 바꾸지 않고 다만 속으로는 불평하면서 복종하는 체하는 것은 노예 생활과 무엇이 다르겠는가? 자, 나에게 알렉산드로스와 필리포스와 파레론의 데메트리오스에 관한 이야기를 들려다오. 만일 이들이 우주의 본성이 원하는 것을 알고 수양에 힘썼다면 그들을 본보기로 받아들이자. 그러나 만일 그들이 비극의 주인공처럼 행동한 것에 지나지 않는다면, 내가 그들을 본받을 이유가 없다. 철학은 순박하고 겸손한 생활을 가르친다. 나를 교만과 허영으로 끌고 가지 말라.

30 무수한 집회와 의식을, 폭풍우와 맑은 날씨를 가리지 않는 무수한 항해를, 태어나 살다가 사라져가는 사람들의 천태만상을 높은 곳에서 내려다보라. 그리고 옛날 사람들의 인생과 당신이 죽은 후에 태어날 사람들의 인생과 현재 무지한 사람들 사이에서

살고 있는 인생을 상기하라. 얼마나 많은 사람들이 당신의 이름을 모르고 있는가? 얼마나 많은 사람들이 당신의 이름을 잊게 될 것인가? 또 얼마나 많은 사람들이 현재 당신을 칭찬하지만 곧 당신을 욕하게 될 것인가? 기억도 명성도 그 밖의 모든 일이 얼마나 보잘 것 없는가?

31 외부적인 원인에 의해 일어난 일에 대하여는 동요되지 말라. 그러나 당신의 내부적인 원인에 의해 일어난 일에 대하여는 정의에 따라 대처하라. 이것은 바로 사회적으로 도움이 되는 것을 가리킨다. 이것은 당신의 본성에 적합한 것이기 때문이다.

32 당신은 여러 가지 불필요한 고민의 싹을 잘라버릴 수 있다. 왜냐하면 그것은 당신의 주관에만 존재하기 때문이다. 따라서 당신의 마음속에 깃들어 있는 전 우주를 파악하고, 영원한 시간을 관조하고, 모든 개개의 사물이 재빨리 변화하는 것을 염두에 두고, 태어나서 죽을 때까지의 시간이 얼마나 짧은가를 생각하고, 태어나기 전의 무한과 죽은 이후의 영원을 상기하라. 이렇게 하면 당신은 곧 넓은 세계에 나갈 수 있을 것이다.

33 당신의 눈에 보이는 것은 곧 소멸되고, 그 소멸되는 모습을 목격하는 사람도 곧 소멸되어 버린다. 늙어서 죽는 사람도 어려서 죽는 사람과 같게 된다.

34 이 사람들의 지배적 원리는 어떤 것인가? 그들은 어떤 목적에 열중하고 있는가? 어떤 동기에서 사랑하고 존경하는가? 그들의 영혼을 적나라한 모습으로 바라보는 습관을 길러라. 그들의 비난

에 의해 당신이 해를 입고 그들의 칭찬에 의해 당신이 이익을 얻는다고 그들이 생각한다면 얼마나 큰 착각인가?

35 상실은 곧 변화다. 그러나 우주의 본성은 변화를 좋아한다. 따라서 이 본성에 순종하면 모든 일이 순조로워진다. 영원한 옛날부터 똑같은 일이 되풀이되어 왔으며, 앞으로도 무한히 되풀이될 것이다. 그래도 당신은 이렇게 말하려는가? 만물은 지금까지 그리고 앞으로도 언제나 악하고, 신들이 이런 사태를 바로잡으려고 했으나 헛일이었으며, 세계는 끊임없이 악에 시달리게끔 정해져 있다고.

36 만물의 근저에 놓여 있는 물질이 부패한 결과는 물, 먼지, 뼈, 악취에서 생긴 것이고, 대리석은 흙이 굳어서 된 것이며, 금과 은은 침전물의 축적이고, 의복은 한줌의 털로 짠 것에 지나지 않는다. 자색 염료는 혈액으로 만든 것이고 그 밖의 모든 것도 예외는 아니다. 우리들의 호흡(생명)도 예외는 아니어서 이것에서 저것으로 변화하고 있다.

37 이 비참한 삶, 불평불만, 원숭이 같은 잔재주에 진저리가 나지 않는가? 당신은 무엇 때문에 속을 태우는가? 무슨 신기한 일이라도 있는가? 무엇이 당신을 불안하게 하는가? 그것은 사물의 형상인가? 잘 살펴보라. 혹은 질료인가? 잘 살펴보라. 형상과 질료 이외에는 아무것도 없다. 따라서 이제는 신들 앞에서도 부끄러움이 없도록 더욱 소박하고 더욱 선량한 인간이 되라.
    이 광경을 100년 동안 관찰하든 3년 동안 관찰하든 마찬가지다.

38 만일 그가 잘못을 저질렀다면, 악은 그에게 있다. 그러나 어쩌면 그는 잘못을 저지르지 않았을지도 모른다.

39 만물은 유일한 예지적인 근원에서 비롯되었거나—이 경우에 부분이 전체를 위해 행하는 유익한 일을 불평해서는 안 된다—아니면 오직 원자만 존재하고 이합집산이 있을 뿐이다. 그렇다면 무엇 때문에 당신은 걱정하고 있는가? 당신의 지배적 능력에게 말하라. "그대는 죽었다. 소멸되었다. 들짐승이 되어버렸다. 그대는 위선자다. 가축의 떼와 단짝이다. 그대도 풀을 먹지 않는가?" 하고.

40 신들은 아무것도 할 수 없거나, 또는 무엇이든 할 수 있거나 둘 중의 하나다. 만일 신들이 아무것도 할 수 없다면 당신은 무엇 때문에 기도하는가? 만일 신들이 무엇이든 할 수 있다면 이러저러한 일이 일어나게 해달라거나 일어나지 않게 해달라고 기도하기보다는, 어떤 일이 일어나도 두려워하지 않고 어떤 것도 탐내지 않고 어떤 일을 당하더라도 슬퍼하지 않게 해달라고 기도해야 할 것이다. 만일 신들이 인간을 도울 수 있다면 이런 일도 도와줄 테니까 말이다. 그러나 어쩌면 당신은 이렇게 말할지 모른다. "신들이 그런 일은 내 힘으로 마음대로 할 수 있게 하였다"고.

그렇다면 당신의 힘으로 마음대로 할 수 있는 일을 자유로운 인간답게 이용하는 쪽이 노예나 비열한 인간처럼 불가능한 일을 바라는 것보다 더 좋지 않은가? 인간에게 가능한 일에 대해서는 신들이 도움을 주지 않는다고 누가 당신에게 말했는가? 어쨌든 이런 일을 위해 기도를 시작해보라. 그러면 곧 알 수 있을 것이다.

어떤 사람은 이렇게 기도한다. "저 여자와 동침할 수 있게 하여주소서!" 하고. 그런데 당신은 이렇게 기도한다. "저 여자와 동침하려는 욕망을 갖지 않게 하여주소서!"하고. 그리고 다른 사람은 이렇게 기도한다. "저 사람을 쫓아내게 해주소서!"하고. 그런데 당신은 "내 자식의 죽음을 두려워하지 않게 하여주소서!"하고 기도한다. 요컨대 당신의 기도를 이와 같이 바꿔서 해보라. 그러면 그 결말을 알게 될 것이다.

41 에피쿠로스는 말하였다. "내가 병들었을 때, 나는 육신의 고통에 대해 입 밖에 낸 적이 없고, 문병을 온 사람에게도 그런 말을 한 마디도 비치지 않았다. 오히려 이전과 마찬가지로 나는 사물의 본질에 관한 학문의 원리를 계속해서 탐구했고, 특히 정신은 육제의 이러한 운동(병)에 관여하면서도 동요하지 않고 고유한 선을 행할 수 있는가 하는 문제에 중점을 두었다." 그는 말을 이었다. "그리고 나는 의사들에게, 그들이 마치 위대한 일이라도 하는 것처럼 의기양양한 표정을 지을 기회도 주지 않았다. 그러나 나의 생활은 행복하고 즐거웠다."

당신이 만일 병에 걸리거나 그 밖에 어떤 곤경에 빠지게 되면 에피쿠로스를 본받도록 하라. 어떤 어려움이 닥치더라도 철학에서 떠나지 않고, 무지한 자나 자연을 잘 모르는 자들과 부질없는 이야기를 나누지 않는 것이 철학의 모든 학파에 공통된 원칙이기 때문이다. 그러나 지금 당신이 하고 있는 일과 그 일을 하는 수단에 대해서만 유의하라.

42 당신이 어떤 사람의 염치없는 행동 때문에 화가 나면 이렇게 자문해보라. "이 세상에 염치없는 사람이 존재하지 않을 수 있을까?"라고. 그것은 불가능하다. 그렇다면 있을 수 없는 일을 바라지 말라. 그 사람은 이 세상에 존재하지 않을 수 없는 염치없는

사람들 중의 한 사람이다. 악한이나 사기꾼이나 그 밖에 모든 고약한 자에 대하여도 같은 생각을 곧 머리에 떠올려라.

이런 자들이 존재하지 않을 수 없다는 사실을 알게 되면 그런 자에게 좀더 너그러운 태도를 취할 수 있을 것이다. 또한 즉시 다음과 같이 생각하는 것도 도움이 된다. "자연은 이 악덕을 보상하기 위해 어떤 덕을 인간에게 부었는가?" 하고. 왜냐하면 자연은 염치없는 자에 대한 해독제로서 너그러운 마음씨를 주고, 그 밖의 사람에 대하여는 다른 능력을 주었다.

어쨌든 당신은 곁길에 접어든 사람을 타일러서 그 마음을 바로 잡게 할 수 있다. 왜냐하면 잘못을 저지르는 사람은 그 목표를 상실하고 곁길에 접어들었기 때문이다.

그런데 당신은 어떤 피해를 입었는가? 당신이 화를 내고 있는 자들 중에서 아무도 당신의 정신을 해친 자는 없다는 것을 당신은 발견하게 될 것이다. 당신에게 해악이 되는 일은 당신의 정신에만 있는 것이다.

무례한 자가 무례한 자다운 행동을 했다고 해서 그것이 어찌하여 해로운 것이며, 또 이상한 일인가? 그 사람이 그런 잘못을 저지를 것을 예측하지 못한 당신이야말로 불찰이 아닌지 생각해보라. 왜냐하면 그 사람이 그런 잘못을 저지를 것이라고 생각할 만한 능력을 당신의 이성은 당신에게 주었을 테니 말이다. 그런데 당신은 그것을 잊어버리고 그가 막상 그런 잘못을 저지르고 나서야 놀라고 있다.

당신이 어떤 사람을 믿을 수 없다든지 은혜를 고마워할 줄 모른다고 비난할 경우에는 무엇보다도 먼저 자기 자신을 돌아보라. 왜냐하면 당신이 이런 사람을 신뢰하여 그가 당신에게 신용을 지킬 것이라고 믿은 것도 당신의 불찰이고, 또 그를 흡족하게 도와

주지 못했거나 즉시 열매를 거둘 수 있게 도와주지 못한 것도 분명히 당신의 불찰이기 때문이다.

대체 남을 도와줬을 때, 당신은 그 이상 무엇을 바라는가? 당신은 자기의 본성에 따라 좋은 일을 했으면 그것으로 족하지 않은가? 당신은 그 보수를 바라는가? 그것은 눈이 본다고 해서 보수를 요구하거나 발이 걷는다고 해서 보수를 요구하는 것과 조금도 다르지 않다. 눈이나 발은 각각 그 특별한 임무를 다하기 위해 만들어졌으며 그 본래의 역할에 따라 활동함으로 해서 자기의 본분을 수행하는 것이다. 이처럼 인간도 남에게 친절을 베풀도록 태어났으므로 어떤 친절을 베풀었거나 그 밖에 공익을 위해 타인과 협력했을 경우에 그는 자신의 본성에 따라 행동한 것이고 자기의 본분을 다한 것이다.

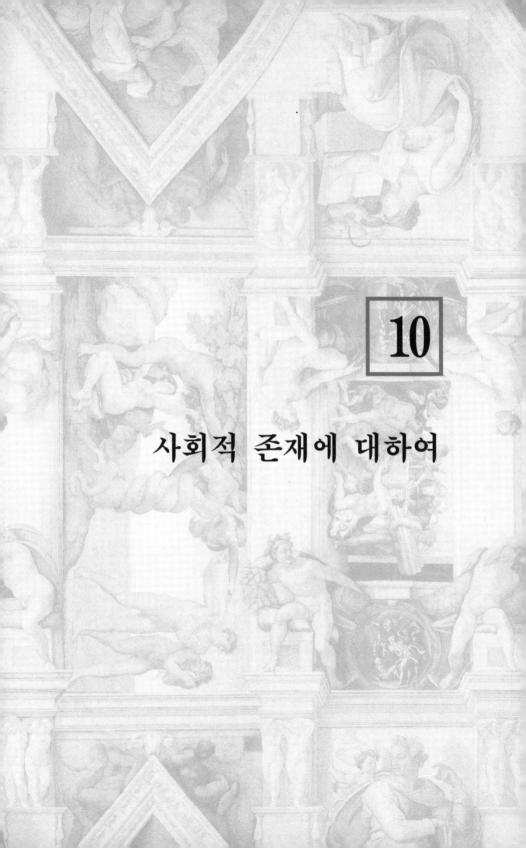

10

사회적 존재에 대하여

1   오, 나의 영혼이여, 그대는 어느 날에나 더욱 선량하고 순박하고 솔직하고 적나라(赤裸裸)하여 그대를 둘러싸고 있는 육신보다 돋보이게 될까? 어느 날에나 당신에게 주어진 것에 만족하고 더는 아무것도 필요로 하지 않고 탐내지 않고 향락을 위해 어떤 생물이나 무생물도 원치 않게 될까? 즐거움을 누리기 위한 시간이나 장소나 쾌적한 날씨나 뜻이 맞는 사람들을 원치 않게 될까? 당신은 지금의 처지에 만족하고 현재 소유하고 있는 것으로 즐거워할 수 있을까? 현재 당신에게 주어진 것은 모두 신들로부터 온 것이며, 신들이 좋게 여기는 것이야말로 현재나 미래에도 당신에게 좋은 것임을 스스로 납득하게 될까? 그리고 이렇게 완전하고 선하고 바르고 우아한 존재, 즉 만물을 짓고 보존하고 포용하고 이것이 분해되면 다시 동일한 것을 만들어 내는 존재를 수호하기 위해, 신들이 앞으로 일으키는 일은 무엇이나 당신에게 좋은 일이라고 이해하게 될까? 어느 날에나 당신은 신들과 인간들을 비난하지 않고 또 그들의 비난도 받지 않게 될까?

2   당신은 자연에만 지배되는 자로서 당신의 내면의 본성이 무엇을 요구하고 있는가를 관찰하라. 다음에는 이 요구를 실천하라. 한 생명체로서 당신의 본성이 그것 때문에 손상될 우려가 없는 한 자진하여 실천하라. 다음에 관찰해야 하는 것은 생명체로서 당신의 본성이 무엇을 요구하는가 하는 것이다. 이 때문에 이성적인 동물로서 당신의 본성이 그것 때문에 손상될 우려가 없는 한 이 요구를 모두 받아들여야 한다.

그런데 이성적인 동물은 곧 사회적인 동물이기도 하다. 그러므로 위에서 말한 원칙을 지키고 그 밖의 일에는 개의치 말라.

3 당신에게 일어나는 모든 일은 당신이 본래부터 견딜 수 있는 것이거나 혹은 견딜 수 없는 것이다. 그러므로 만일 당신이 본래부터 견딜 수 있는 일이 일어나면 불평하지 말고 견뎌나가라.

그러나 만일 당신이 본래부터 견딜 수 없는 일이 일어난다고 하여도 불평하지 말라. 왜냐하면 이 일은 당신을 소모시킨 다음에는 자신도 소멸해버리는 것이기 때문이다. 어떤 일이 자기에게 유익하다고 생각하여 참고 견디는 것이 하나의 의무라고 생각하면 이런 생각 여하에 따라서는 견디기 쉬운 것도 있다. 그러나 당신은 이 모든 일을 본래부터 견뎌낼 수 있다는 사실도 잊어서는 안 된다.

4 만일 과오를 범하는 사람이 있으면 친절히 타이르고 그의 잘못을 지적해줘라. 그렇게 할 수 없으면 자신을 탓하거나 아니면 아무도 탓하지 말라.

5 당신에게 무슨 일이 일어나든 그것은 먼 옛날부터 준비되어 있던 것이다. 즉 여러 가지 원인들이 서로 관련을 맺으면서 먼 옛날부터 당신의 존재와 그 일을 연결시켜놓고 있었던 것이다.

6 우주가 원자의 집합이든 질서 있는 체계든, 우선 나는 자연이 지배하는 만물의 한 부분이라고 확신한다. 또한 나는 동포와 밀접한 관계를 맺고 있다고 확신한다. 내가 만물의 한 부분인 한 우주로부터 나에게 할당된 것에 대해 불만을 품어서는 안 된다는 것을 명심하라. 우주에 유익한 일이 부분에 해가 되는 것은 하나도 없다. 그리고 우주 안에는 우주 자신을 위해 불리한 것은 하나도 없다. 그리고 모든 본성은 앞에서 말한 것을 원칙으로 삼고 있

으며, 우주의 본성에는 어떤 외부적인 원인에 의해서 자기에게 해가 되는 일을 일으키도록 강요받지 않는다는 특징이 있다.

그러므로 자기가 이런 우주의 한 부분이라는 것을 기억하고 있는 한, 나는 이 세상에서 일어나는 모든 일에 만족할 수 있으리라. 그리고 동포와 밀접한 관계가 있는 한, 나는 반사회적인 행위를 하지 않고 오히려 동료를 위해 사회적인 이익을 도모하여 이에 위배되는 일은 멀리하게 될 것이다.

이렇게 하면 인생은 반드시 행복해질 것이다. 여기에 한 시민이 다른 시민들에게 유익한 활동을 하면서 일생을 보내고 국가에서 어떤 사명을 부여하든 기꺼이 받아들인다면 그 사람의 생애는 행복할 것이라고 당신은 생각할 것이다. 위에서 말한 것도 이와 마찬가지다.

7 우주의 각 부분들은, 다시 말해서 본래 우주에 포함되어 있는 모든 부분은 반드시 소멸될 것이다. 그러나 이때의 소멸은 변화의 의미로 이해되어야 한다. 만일 소멸이 우주의 각 부분에 나쁜 일이고 피할 수 없는 일이라면, 각 부분이 끊임없이 변하고 여러 가지 방법으로 소멸되도록 되어 있으므로 우주는 잘 운행되지 않을 것이다.

자연은 고의로 자기의 각 부분에 해를 끼치고 재앙을 일으켜서 필연적으로 그 악에 빠지는 것일까, 아니면 이런 일이 일어나는 것을 자연은 간과하고 있는 것일까? 이것은 모두가 믿을 수 없는 일이다.

그러나 만일 어떤 사람이 자연은 어찌됐든 사물은 본래 그렇게 되어 있다고 말한다면, 우주의 각 부분은 변화하게끔 되어 있다고 말하면서 동시에 그 변화가 자연에 위배되기라도 하는 것처럼 놀라거나 불평을 한다는 것은 우스운 일이다. 왜냐하면 사물은 분해되면 그 사물을 구성하고 있던 각각의 요소로 환원되기 때문이다. 다시 말해서 사물의 분해는 만물을 구성하고 있는 여러 원소로 흩어지거나 아니면 고체가 흙으로 변하고 입김이 공기로 환원되어 부분들이-불에 의한 갱신을 통해서든-우주의 이성으로 되돌아가는 것이기 때문이다.

또한 고체 또는 기체라는 우주의 부분은 당신이 태어날 때부터 당신에게 속해 있던 것이라고 생각하지 말라. 왜냐하면 이것은 모두 어제 또는 그저께 섭취한 음식이나 들이마신 공기로부터 비롯된 것이기 때문이다. 그러므로 변화하는 것은 섭취한 것이지, 태어날 때 어머니에게서 받은 것은 아니다. 비록 당신의 개성이 그런 것과 밀접하게 결부되어 있다고 가정하더라도, 내가 방금 말한 것에서 어긋나지 않는다.

8 선한 사람, 겸손한 사람, 진실한 사람, 사려 깊은 사람, 솔직한 사람, 도량이 큰 사람이라는 명칭을 남들에게서 들었을 때에는 이를 언제까지나 간직하라. 만일 이런 명칭을 듣지 못하게 되거든 서둘러 그것을 다시 회복하도록 하라. 그리고 '사려 깊다'는 말은 각각의 사물에 대한 각각의 사물에 대한 세심한 주의와 집중력을 의미한다는 것을 기억하라. 그리고 '솔직하다'는 말은 우주의 본성에 의해 당신에게 주어진 것을 모두 자진해서 받아들이는 것을 의미하며, '도량이 크다'는 말은 유쾌하거나 고통스러운 육체의 감각을 초월하고 공허한 명성이나 죽음이나 그 밖에 이와 유사한 모든 것을 초월한다는 뜻이다.

당신이 위에서 열거한 그러한 명칭을 굳이 들으려 애쓰지 않는데 그러한 명칭을 스스로 잘 간직한다면, 당신은 새로운 인간이 되어 새로운 생애로 들어갈 것이다. 종전과 다름없는 인간으로 남아 있고 종전과 같은 생활에 젖어서 더럽혀진다는 것은 너무나 무감각하고 삶에 집착하는 사람의 태도로, 이러한 사람은 마치 들짐승과 싸우다가 반쯤 넋이 나간 투사와 마찬가지다. 이런 투사는 상처에 흐르는 피를 온몸에 뒤집어쓰면서도 또한 내일도 똑같은 발톱과 이빨에 만신창이가 되리라는 것이 뻔한데도 제발 내일까지만 살려달라고 애원한다.

그러므로 당신은 처음에 열거한 몇 가지 명칭의 배에 올라타라. 그리고 그 배에 머물 수 있으면 머물도록 하라. 마치 어떤 극락의 섬에라도 이주한 사람처럼. 그러나 만일 그 배가 난파할 것 같아 견딜 수 없으면 용기를 내어 어느 아늑한 구석으로 물러가거나 또는 인생에서 깨끗이 사라지는 것이 상책이다. 이때 분노를 품지 말고, 단순하고 자유롭고 겸허한 마음으로 사라질 일이다. 적어도 이러한 태도로 사라지는 것은 당신의 일생을 통해 바람직한 일일 것이다.

그러나 위에 열거한 명칭을 잊지 않기 위해서는 신들을 생각하고, 신들은 아첨이 아니라 모든 이성적인 동물이 그들을 닮기를 바란다는 것을 염두에 둔다면 크게 도움이 될 것이다. 그들은 또한 무화과가 무화과의 본분을, 개가 개의 본분을, 꿀벌이 꿀벌의 본분을, 인간이 인간의 본분을, 다하기를 원하고 있다.

9 　인생의 풍자희극(諷刺喜劇), 전쟁, 공포, 허탈, 노예 상태 이러한 것이 당신의 신성한 도그마(신념)를 날마다 좀 먹을 것이다.

이 신념은 자연의 탐구자로서 당신이 품고 받아들인 것이다. 그러므로 당신은 우주에서 일어나는 일을 완벽하게 처리하는 동시에 사색의 힘을 발휘하며, 개별적인 사물에 관한 지식에서 얻은

자신(自信)을 남에게 과시하거나 숨기지 말고 견지할 수 있어야
한다.

언제 당신은 단순한 것을 즐길 수 있게 될까? 언제 당신은 품
위를 갖게 될까? 그리고 언제 당신은 개개의 사물에 관한 지식,
예컨대 그 사물의 본질은 무엇인가, 그것은 우주에서 어떤 위치
를 차지하는가, 얼마 동안이나 존속하게끔 만들어졌는가, 그것을
구성하는 있는 것은 무엇인가, 누구에게 속할 수 있는 것인가, 그
것을 주거나 빼앗을 수 있는 사람은 누구인가 하는 등등의 지식
을 즐길 수 있을까?

10 거미가 파리를 잡고 의기양양해한다. 어떤 사람은 토끼를, 어떤
사람은 그물로 정어리를, 어떤 사람은 멧돼지를, 어떤 사람은 곰
을, 또 어떤 사람들은 사르마티아(게르만 민족)사람들을 잡고 의기
양양해한다. 그런데 이들의 행동 원리를 검토해볼 때 그들은 모
두 강도가 아닌가?

11 만물은 얼마나 서로 변화를 거듭하고 있는가? 이 변화를 관찰
하는 방법을 배우고 끊임없이 이러한 변화에 주목하여 이 분야를
연구하라. 이보다 정신을 위대하게 하는 것은 없다. 이런 사람은
자기의 육신에서 벗어나게 된다. 이윽고 자기는 모든 사물에서
떠나고 인간들 사이에서 사라져야 한다고 생각하기 때문에 행동
을 바르게 하고 그 밖에 자기에게 일어나는 일에 대하여는 우주
의 본성에 따른다.

남들이 자기를 어떻게 평하고 어떻게 생각하며 또 어떻게 대하
는가 하는 것은 거의 안중에 없다. 그는 현재 바르게 행동하고
자기에게 주어진 것을 사랑하는 것으로 만족하고 있다. 그는 모

든 걱정과 야심을 버린다. 그리고 법도에 따라 바른 길을 감으로써 신의 뜻을 따르는 것 이외는 아무것도 바라지 않는다.

12   당신은 무엇을 해야 하는가를 아는 능력이 있는데 무엇 때문에 주저하고 두려워하는가? 만일 당신이 자기가 가야 할 길을 찾아 낸다면 곁길로 접어들지 말고 똑바로 그 길로 나아가라. 그리고 만일 당신이 자기가 가야 할 길을 찾지 못한다면 일단 발길을 멈추고 더욱 훌륭한 상담역의 충고에 따르라. 또 만일 여기에 다른 장애가 일어난다면 사태를 냉정히 고찰하고 당신의 능력에 따라 정의의 길을 향해 전진하라. 여기서 성공하는 것은 가장 바람직한 일이다.

만사에 이성의 지시를 따르는 사람은 마음의 평정을 유지하면서도 활동적이고, 쾌활하면서도 침착하다.

13   잠에서 깨어나자마자 자문해보라. "남이 바르고 착한 일을 하면 나에게 문제가 될까?" 아니, 문제가 되지 않는다.

당신은 남을 함부로 칭찬하거나 비난하는 자들이 침상에서 어떻게 하고 식탁에서 어떻게 하며 무슨 일을 기꺼이 하고 무슨 일을 피하며 또한 무엇을 추구하고 무엇을 훔치며 무엇을 빼앗는지를 잊었는가? 그것도 손이나 발로써가 아니라, 그들의 가장 소중한 부분—즉 원하기만 하면 신앙, 검소, 진실, 법칙, 선한 다이몬 등을 산출할 수 있는 부분(이성)을 이용해서 말이다.

14   교양 있고 겸손한 사람은 모든 것을 주고, 모든 것을 빼앗아가는 자연을 향해 이렇게 말한다. "당신이 원하는 것을 주고, 당신이 원하는 것을 거두어가라"고. 그러나 그는 거만한 태도로 말하

는 것이 아니라 순종하는 태도로 말하고 자연에 귀의(歸依)한다.

15 당신에게 남아 있는 시간은 짧다. 길은 산 속에 있는 것처럼 살아가라. 인간은 어디서든지 우주 시민의 한 사람으로 살아간다면, 여기서 살든 저기서 살든 차이가 없다. 참으로 자연에 순응하여 살아가는 진정한 인간을 사람들에게 보여주고 또 인식시켜라. 만일 당신이 그들의 언동을 참을 수 없다면, 차라리 그들로 하여금 당신을 죽이게 하라. 그늘처럼 살기보다는 이렇게 하는 편이 나으니까.

16 선한 사람은 어떻게 행동해야 하는가를 논하는 것은 이제 그만하고 선한 사람이 되도록 하라.

17 시간의 전체, 실체의 전체를 언제나 머리에 떠올려라. 그리고 모든 개별적인 사물은 실체에 비하면 무화과나무의 열매에 지나지 않고, 시간에 비하면 나사를 한번 돌리는 정도에 지나지 않는다는 것을 명심하라.

18 눈앞에 놓여 있는 것을 하나하나 잘 관찰하고 그것이 분해되고 변화하고 있으며, 말하자면 부패하고 흩어지는 상태에 있으며 만물은 죽기 위해 태어났다는 것을 잊지 말라.

19 그들이 먹고 자고 교배(交配)하고 배설하고 그 밖에 이와 비슷한 행동을 할 때, 어떤 태도를 취하는가를 생각해보라.
다음에 그들이 높은 자리에 앉아 횡포해지고 교만해지고 화를 내고 욕할 때, 어떤 태도를 취하는가를 생각해보라.

그러나 그들은 지금까지 얼마나 많은 사람들을 노예처럼 여겨왔으며, 또 무엇 때문에 그렇게 했고 곧 어떤 상태에 빠지게 될 것인가를 생각해보라.

20 우주의 본성이 각각의 사물에 부여하는 것은 그 사물에게 유익한 것이다. 그것도 그 본성이 부여하는 바로 그때에 유익한 것이다.

21 "지(地)는 비를 좋아하고, 숭엄한 하늘도 비를 좋아한다." 그리고 우주도 반드시 일어나야 할 일을 실현시키기를 좋아한다. 그러므로 나는 우주에 대해 말하고자 한다. "나는 당신처럼 이런 여러 일들을 좋아한다"고. 그리고 비슷한 말을 우리도 하지 않는가? "이런 일 또는 저런 일이 일어나기를 바란다"고.

22 당신이 이 세상에서 살아가는 데 익숙해졌든, 또는 바야흐로 떠나가려고 하든, 또는 이미 죽어가는 몸이어서 의무에서 풀려났든 그것은 당신의 뜻에 달려 있다. 이 세 가지 경우 이외에는 없다. 그러니 기운을 내라.

23 언제나 분명히 알아둬야 하는 것은 이 땅 조각은 다른 땅 조각과 다름이 없다는 것이다. 이곳에 있는 것은 산이나 바닷가에 있는 것이나 그 밖에 당신이 좋아하는 어떤 곳에 있는 것과도 비슷하다. 당신은 "산 속에(성벽이 에워싸인 가운데) 갇혀서 양 떼의 젖을 짜고 있다"고 한 저 플라톤의 말이 옳다는 것을 알게 될 것이다.

24 지금 나의 지배적 능력은 나에게 어떤 의미를 갖는가? 그리고 나는 이 능력으로 무엇을 하고 있는가? 그것은 예지가 결여되어

있는가? 그것은 사회생활에서 멀리 떨어져 있지 않는가? 그것은 보잘것없는 육체로 용해되고 혼합되어 육체의 요구에 따라 움직이고 있지 않는가?

25 주인 몰래 도망치는 자는 탈주자(脫走者)다. 그런데 법률은 주인이다. 그러므로 법률을 어기는 자는 탈주자다. 그리고 만물의 지배자가 정한 대로 일어난 일, 또는 일어나고 있는 일, 혹은 앞으로 일어날 일을 못마땅하게 여겨 비관하거나 화내거나 두려워하는 자도 마찬가지다. 그런데 만물의 지배자는 법칙이며, 이 법칙이 각자에게 알맞은 일을 할당한다. 따라서 두려워하거나 비관하거나 화를 내는 자는 탈주자다.

26 남자는 여자의 태(胎)에 씨를 뿌리고 그곳을 떠난다. 그 다음에는 다른 원동력이 일을 맡아서 태아를 키운다. 얼마나 절묘한 일인가! 또 갓난애는 목구멍으로 음식을 삼킨다. 그 다음에는 다른 원동력이 일을 맡아서 감각이나 욕구 등 한마디로 말해서 생명력과 힘, 그 밖의 것으로 바꾸어 놓는다. 이런 일은 얼마나 기묘한가!
    따라서 당신은 이와 같이 눈에 띄지 않게 일어나는 일을 관찰하고 그 원동력을 알아내야 한다. 그것은 마치 물체를 내려뜨리거나 던져 올리는 힘을 우리는 육안으로 볼 수 없지만 이에 못지않게 분명히 보는 것과 같다.

27 현재 있는 것은 모두가 이전에도 있었으며 또 앞으로도 마찬가지로 있으리라는 것을 잊지 말라. 그리고 당신이 자기의 경험이나 옛날의 역사를 통해 무엇을 배웠든 동일한 형태로 되풀이 되는 무대 전체를 잊지 말라. 예를 들면 하드리아누스의 궁전 전체,

안토니누스의 궁전 전체, 필리포스, 알렉산드로스, 크로이소스의 궁전 전체를. 이들이 보여준 연극도 현재 우리가 보는 연극과 동일하지만 다만 배우가 다를 뿐이다.

28 어떤 일에 대해서도 비관하거나 불평하는 사람은 도살장으로 끌려가면서 땅을 치고 비명을 지르는 돼지와 다를 것이 없다. 또한 침상에서 혼자 묵묵히 누워서 우리의 불행을 한탄하는 사람도 마찬가지다. 오직 이성적인 동물만이 이 세상에서 일어나는 일에 자진하여 따른다는 것을 기억하라. 그러나 그 밖의 모든 것은 단지 복종만 강요된다는 것을 기억하라.

29 무슨 일을 할 때에는 잠시 멈춰 서서 자문해보라. "죽으면 이것을 하지 못하게 되기 때문에 죽음을 두려워해야 할까?" 하고.

30 남의 잘못 때문에 화가 치밀 때에는 즉시 자기도 같은 잘못을 저지르지 않는지를 스스로 반성해보라. 예컨대 돈이나 쾌락이나 명예 그 밖에 이와 비슷한 것을 좋게 여기는 따위다. 이러한 점에 유의하고 다시 다음과 같이 생각하게 되면 당신은 곧 분노를 잊어버리게 될 것이다. 그것은 "그는 잘못을 저지르게끔 강요되어 있다. 그렇게 할 수밖에 없는 것이다"라는 생각이다. 혹은 만일 당신이 할 수 있다면 그가 잘못을 저지르게끔 강요하는 것을 제거해줘라.

31 소크라테스학파의 사튜론을 보면 에우튜케스나 휴멘을 생각하고, 에우프라테스를 보면 에우튜키온이나 실와누스를 생각하고, 알키프론을 보면 트로파이오포로스를 생각하고, 세웨루스를 보면

크리톤이나 크세노폰을 생각하고 자기 자신(아우렐리우스)을 바라볼 때에는 황제 중의 한 사람을 생각하라. 그리고 모든 개인에 대하여도 이와 같이 하라. 그 다음에는 그들은 지금 어디 있는가를 생각하라. 그들은 어디서도 찾아볼 수 없고 또 어디 있는지 아는 사람도 없다.

이렇게 생각하면 당신은 언제나 인간사(人間事)는 모두가 연기(煙氣)요, 무(無)라고 생각하게 될 것이다. 특히 한번 변화한 것은 벌써 영원히 존재하지 않는다는 것을 상기하면 더욱 그럴 것이다. 그런데 무엇 때문에 당신의 짧은 일생을 평탄하게 지내는 것으로 만족하지 못하고 안절부절하는가?

당신은 얼마나 좋은 소재(素材)와 좋은 연구 과제를 놓치고 있는가? 이런 일들은 자연을 탐구하는 태도로써 인생의 여러 가지 일들을 바라보는 이성에게는 그 모두가 수련(修練)의 대상이 되지 않을까? 그러므로 이러한 진리를 체득할 때까지 노력을 계속하라. 마치 튼튼한 위장이 모든 음식을 소화시키는 것처럼, 빨갛게 피어오르는 불길이 그 속에 던져지는 모든 것을 불태워 빛을 내는 것처럼.

32 당신에 관하여 성실하지 않다거나 착하지 않다고 말할 권리를 아무에게도 주어서는 안 된다. 당신에게 그런 생각을 갖는 자는 누구를 막론하고 거짓말쟁이가 되도록 하라. 이렇게 할 수 있느냐 하는 것은 당신의 생각 여하에 달려 있다. 사실 누가 당신이 성실하고 착한 것을 방해할 수 있겠는가?

그런 인간이 못 될 바에는 더 이상 살지 않겠다고 당신이 결심만 하면 되는 것이다. 당신이 이런 인간이 못 된다면 이성도 당신의 생존을 허용하지 않을 것이다.

33 이 재료(우리의 생명)를 가지고 우리가 이성에 가장 알맞은 방법으로 할 수 있는 일은 무엇이며 또는 할 수 있는 말은 무엇인가? 그것이 무엇이든지 당신은 그 일을 할 수 있고 그 말을 할 수 있다. 그것을 못하게 하는 방해물이 있다는 구실을 내세우지 말라.

당신의 눈앞에 닥친 일을 인간의 본질에 따라 처리하는 것은 마치 관능적(官能的)인 인간이 쾌락을 탐내는 것처럼 당연한 일이라고 생각하게 될 때까지 당신의 탄식은 그치지 않을 것이다. 왜냐하면 자기 자신의 본성에 따라 할 수 있는 일은 모두 쾌락이라고 생각해야 하기 때문이다. 그리고 이것은 어디서나 가능한 일이다.

원통(圓筒)에는 그 자체의 운동에 의해 어디나 이동할 수 있는 힘이 주어져 있지 않으며, 물이나 불 그 밖에 모든 자연 또는 이성이 없는 생명에게 지배되어 있는 것도 마찬가지다. 앞을 가로막고 저지하는 장애물들이 허다하기 때문이다. 그런데 예지와 이성은 모든 장애물을 돌파하여 그 천성과 의지대로 밀고 나갈 수 있다. 마치 불길이 위로 행하고, 돌이 아래로 떨어지고, 원통이 고개 아래로 구르는 것처럼 이성은 만사를 처리하는 능력이 있다는 것을 잊지 말고, 그 이상의 것은 바라지 말라. 다른 장애물들은 시체와 다름없는 육신에 영향을 미칠 뿐이고, 우리가 스스로 배반하여 이성을 굴복시키지 않는 한 이성을 파괴하거나 이성에 해를 입히지 못한다. 만일 이러한 장애물이 당신의 이성에 해를 입힌다면 이러한 장해를 받는 당신은 당장 나빠질 것이다.

그런데 인간과 구조가 다른 모든 동물들은 그 어딘가에 해를 입게 되면 피해자는 그 때문에 전보다도 더 나빠진다. 그러나 똑같은 경우라도 인간은 이런 돌발사(突發事)를 올바로 이용함으로써 보다 뛰어난 자 또는 보다 칭찬을 받을만한 자가 된다.

그리고 끝으로 국가에 해를 입히지 못하는 것은 국민에게도 해를 입히지 못하며, 법칙(질서)에 해를 입히지 못하는 것은 국가에도 해를 입히지 못한다는 것을 잊어서는 안 된다. 사람들이 재난이라고 부르는 것은 결코 법칙에 해를 입히지 못한다. 따라서 법칙에 해를 입히지 못하는 것이 국가나 국민에게 해를 입힐 수는 없다.

34 신념에 투철한 사람은 매우 간결한 교훈만으로 충분하다. 그리고 아무리 평범한 교훈이라도 그런 사람들에게는 슬픔이나 공포에서 해방시켜주는 영향을 미치게 된다. 예컨대, "나무 잎사귀는 바람에 날려 지상에 떨어진다. 인간도 이 나무 잎사귀와 같구나."

당신의 자식들도 조그마한 나무 잎사귀와 같고, 제법 그럴 듯한 갈채를 보내고 상찬(賞讚)하는 사람들과 이와 반대로 저주하거나 비난하거나 조소하는 사람들도 나무 잎사귀와 같으며, 그리고 우리의 사후의 명성을 계속해서 이어받는 사람들도 나무 잎사귀와 같다. 왜냐하면 이것들은 모두 "봄이 오면 새싹이 돋아난다."는 말과 어긋나지 않기 때문이다.

후에 바람은 새싹을 날려버리고 다음엔 그 자리에 다른 잎사귀가 돋아난다. 덧없는 운명은 만물에게 공통된 것이다. 그런데 당신은 마치 이런 것들이 영원히 존속하는 것처럼 어떤 일은 피하고 어떤 일은 추구하는가? 얼마 후에는 당신도 눈을 감게 될 것이다. 그리고 당신을 무덤으로 운반한 사람을 위해 또한 다른 사람이 만가(挽歌)를 부를 것이다.

35 건전한 눈은 보이는 것은 무엇이든지 보아야 하며 굳이 "나는 초록색으로 된 것을 보고 싶다."고 투정을 부려서는 안 된다. 그

것은 눈병이 난 사람이나 할 말이다. 마찬가지로 건전한 청각과 후각은 들리는 것과 냄새나는 것을 모두 지각할 준비가 되어 있어야 한다. 그리고 건전한 위장은 마치 방아가 모든 곡식을 찧을 준비가 되어 있는 것처럼, 모든 음식을 소화시킬 준비가 되어 있어야 한다. 또한 건전한 정신도 모든 일을 적절히 처리할 준비가 되어 있어야 한다.

그런데 "내 자식을 살려주십시오" 또는 "내가 하는 일이 모두 사람들의 칭찬을 받게 하여 주십시오" 하는 것은 눈이 초록색으로 된 것만 보기를 원하고, 이가 부드러운 음식만 씹기를 원하는 것과 같다.

36 죽어갈 때, 그가 죽는 것을 환영하는 사람이 없다면 얼마나 행복할까? 가령 그가 성실하고 현명한 사람이었다고 치자. 반드시 마지막 순간에 몰려 이렇게 말하는 사람이 있을 것이다.

"이 도학자(道學者)가 없으면 우리도 한숨을 돌릴 수 있을 것이다. 이 선생이 우리를 야단친 것은 아니지만, 그가 우리를 말없이 책망해온 것을 나는 언제나 느끼고 있었는걸."

이것은 성실한 사람에 대한 말투다. 그러나 우리들의 경우에는 많은 사람들이 우리를 쫓아내고 싶은 이유가 얼마나 많았겠는가?

임종 때 당신은 이것을 생각해야 한다. 그리하여 다음과 같이 생각하면 한결 쉽게 눈을 감을 수 있을 것이다.

"나는 이 세상을 떠난다. 이 세상에는 나의 친구들까지도, 그렇다! 내가 힘이 되어주고 기도해주고 걱정해 준 친구들까지도 내가 죽으면 혹시 무슨 이득이라도 돌아오지 않을까 하고 내가 죽기를 바라고 있다"고. 그러니 누가 더 이상 이곳에 더 머물러 있으려고 하겠는가?

그러나 그렇다고 해서 세상을 떠날 때 그들에 대한 우정이 식어서는 안 된다. 당신의 성품대로 친근하고 너그럽고 온화한 모습으로 떠나가라. 그리하여 그들 사이에서 마치 뿌리가 뽑혀나가는 것처럼 떠날 것이 아니라, 할 일을 마치고 평안한 마음으로 최후를 맞이하여 영혼이 육체에서 벗어나는 것처럼 떠나야 한다. 자연은 당신을 그들과 인연을 맺어주어 사귀게 했으나, 이제 자연은 그들과의 인연을 끊게 하니 말이다. 그렇다. 나는 지금 가까운 사람들과 작별해야 하지만 이에 저항하면서 질질 끌려가는 것이 아니라 평안한 마음으로 스스로 떠나가는 것이다. 죽음도 자연에 따라 일어나는 현상의 하나다.

37 남의 모든 행동에 대하여 다음과 같이 자문(自問)하는 습관을 가져라. "이 사람은 무슨 목적으로 이런 행동을 할까?"하고. 그러나 우선 당신 자신의 행동부터 살피고 당신 자신을 돌아보라.

38 당신을 조종하고 있는 것이 당신 안에 숨어 있다는 것을 잊지 말라. 그것은 설득력이고 생명이며 말하자면 그것이 바로 인간이다. 그러나 당신을 담고 있는 그릇(육신)이나 주위에 붙어 있는 도구 등은 결코 그것에 포함시키지 말라. 왜냐하면 이런 것들은 일꾼의 도끼와 같은 것으로 당신의 부속품에 지나지 않기 때문이다. 이것을 움직이거나 정지시키는 원동력이 없다면 아무 소용도 없게 된다. 그것은 마치 방직공의 북, 작가의 펜, 마부의 채찍과 마찬가지로 아무 소용이 없을 것이기 때문이다.

11

영혼에 대하여

1 이성적인 영혼의 특징은 다음과 같다. 즉 영혼은 자기 자신을 돌아보고 자기 자신을 분석하고 뜻대로 자기 자신을 형성하고 자기가 맺은 열매를 스스로 수확하고-이와 반대로 식물의 열매나 동물에 있어서 이 열매에 해당되는 것은 다른 사람이 수확한다-인생의 종말이 언제 닥치든 자기 자신의 목적을 달성한다. 이와는 달라서 무용이나 연극 등은 중단되면 그 동작 전체가 불완전해진다. 그러나 이성적 영혼은 이와는 달라서 어디서 중단되더라도 눈앞에 닥친 임무를 완전히 수행하며, 따라서 "나는 내 목적을 달성했다"고 말할 수 있다.

또한 이성적인 영혼은 전 우주와 우주를 에워싼 공간을 왕래하면서 그 형태를 고찰하고, 무한한 시간 속으로 뻗쳐나가 만물의 주기적(週期的) 재생(再生)을 탐구하고 파악한다.

또한 이성적 영혼은 우리의 후손들이라고 해서 새로운 것을 보는 것은 아니고, 또한 우리보다 먼저 산 조상들이라고 해서 우리보다 더 많은 것을 본 것은 아니며, 오히려 40세쯤 되고 조금이라도 이해력이 있는 사람이라면, 과거에 존재했고 또 미래에도 존재하게 될 만물을, 그 동일성(同一性) 때문에 다 본 것이거나 다름이 없다는 것을 이해한다.

그리고 이성적 영혼은 이웃 사람을 사랑하고 진실하고 겸손하며 무엇보다도 자기 자신을 존중하는 것 등의 특징을 갖고 있다. 이것들은 또한 법칙의 특징이기도 하다. 따라서 올바른 이성은 정의의 관념과 조금도 다름이 없다.

2 당신은 미혹적인 노래나 춤이나 판크라티움(권투와 씨름을 합친 운동) 등을 일단 분해하여 보면 필경 경멸하게 될 것이다. 예컨대 만일 당신이 아름다운 목소리의 선율을 개별적인 소리로 분해해

놓고 그 하나하나에 대하여 "이런 것에 내가 마음이 빼앗기겠는 가?" 하고 자문해보면, 당신은 음악을 경멸하게 될 것이다. 무용에 대해서도 하나하나의 동작 또는 자세에 대하여 분석해보면 마찬가지리라. 판크라티움의 경우에도 똑같은 말을 하게 될 것이다.

요컨대 덕과 덕이 가져다주는 것을 제외하면, 사물을 하나하나의 구성 부분으로 해체하여 그 밑바닥을 들여다보게 되고 이렇게 분해를 함으로써 그것을 경사하게 마련이다. 같은 방법을 인생 전체에 응용하라.

3 비록 지금 곧 영혼이 육체에서 떠나 소멸되거나 분산하거나 또는 그대로 존속된다 하더라도 이를 감당해낼 각오가 되어 있는 영혼은 얼마나 훌륭한가? 이러한 각오는 인간 자신의 판단에서 나오는 것이지, 기독교도처럼 단순히 순종하는 데서 생기는 것은 아니다. 그것은 신중하고 품위가 있어야 하며, 남을 설득하려면 비극적인 면을 보여서는 안 된다.

4 나는 사회에 유익한 일을 했는가? 그렇다면 나는 이미 보상을 받은 것이다. 이 점을 언제나 명심하고 결코 잠시도 선행(善行)을 멈추지 말라.

5 당신이 할 일은 무엇인가? 선한 인간이 되는 것이다. 그러기 위해서는 일반적인 원리를 존중하는 데서 출발해야 한다. 그 원리는 한편으로는 우주의 본성에 관한 것이고 다른 한편으로는 인간의 고유한 본질에 관한 것이다.

6 처음에 비극은 이 세상에서 일어나는 여러 가지 사건을 관객들

에게 상기시키기 위해 공연되었다. 그리고 이런 사건은 자연에 따라 일어나는 필연적인 사건이고, 무대 위에서 상연되었을 때 당신을 즐겁게 하는 사건이 큰 무대(인생)위에서 일어난다고 해서 괴로워해서는 안 된다는 것을 일깨워주기 위해서였다. 왜냐하면 무대에서 보면, 그런 사건은 반드시 그렇게 일어나게끔 되어 있으며, "아, 키타이론이여!" 하고 외친 자도 역시 그것을 참고 견뎌야 할 성질의 일이었기 때문이다.

그리고 비극 작가들은 좋은 말을 많이 남겨놓았다. 예를 들면,

"설사 나와 나의 두 자식이 신들의 버림을 받게 되더라도, 거기에는 그럴 만한 이유가 있는 것이다" 그리고,

"우리는 세상에서 일어나는 일에 대하여 불평해서는 안 된다." 또는, "인생은 잘 여문 벼 이삭처럼 거둬들이게 된다" 등이다.

이 밖에 비슷한 말들이 얼마나 많은지 모른다.

비극 다음에는 고대 희극이 연출되었다. 그것은 자유 분방(奔放)하게 솔직히 표현하여 교만이 어떤 것인가를 일깨워주는 데 유용하였다. 그리고 디오게네스도 같은 목적을 위해 이들 작가들에 의해 인용되었다. 그 후에 중기(中期)의 희극이 어떤 목적에서 공연되고, 이어 새로운 희극이 어떤 목적으로 공연되었는가를 생각해보라. 새로운 희극은 차츰 단순한 모방적 기교로 타락하고 말았다. 그러나 이 작가들도 주지하는 바와 같이 약간의 유익한 말을 남겨놓고 있다. 그런데 이러한 시나 극작(劇作)은 결국 어떤 효과를 노리고 있는 것일까?

7 철학하는 데 있어서, 당신이 현재 있는 그대로의 생활 조건보다 적합한 것은 없다. 이것은 명백한 사실이다.

8　옆의 나뭇가지에서 한 나뭇가지를 떼어내면 그것은 나무 전체에서 떨어지게 마련이다. 이와 마찬가지로 인간도 다른 사람으로부터 등을 돌리게 되면, 사회 전체에서 격리된다. 가지는 다른 사람이 떼어내지만, 인간은 이웃 사람들을 미워하고 싫어함으로써 스스로 이웃 사람에게서 격리된다. 그런데 그는 자기가 그렇게 함으로써 공동사회 전체에서 격리된 것을 모르고 있다.

　여기서 우리는 이 공동체의 창설자인 제우스신의 은혜에 대하여 유의해야 한다. 이 덕분에 우리는 다시 이웃과 협력하여 사회 전체의 완성을 돕는 자가 될 수 있다. 그러나 이러한 격리가 자주 일어나면, 떨어졌다가 다시 결합되어 원상으로 복귀되기가 어려워진다. 처음부터 나무와 함께 성장하고 나무와 함께 호흡을 계속해온 가지는 일단 잘라낸 다음 다시 접목된 가지와는 다르다. 이것은 정원사들의 말이다. 그러므로 같은 줄기 위에서 성장하라. 이 말은 인간에게도 해당된다.

9　당신이 올바른 이성에 따라 행동하는 것을 방해하려는 자들도 당신을 건전한 목적에서 벗어나게 할 수는 없다. 그렇다면 그들에 대한 관용을 잃지 않도록 하라. 그리고 다음의 두 가지 점에서 유의하여 행동하라. 즉 단지 확고한 판단과 행동을 하도록 힘쓸 뿐만 아니라, 당신을 방해하고 그 밖의 일로 괴롭히려는 자들을 부드럽게 대하도록 노력해야 한다.

　왜냐하면 그들에게 화를 내는 것은 두려운 나머지 당신의 행동 방향을 빗나가게 하고 물러서게 하는 약점을 드러내기 때문이다. 두려워하는 겁쟁이나 태어나면서부터 동포요 친구인 자에게서 등을 돌리는 자는 모두가 자기의 정당한 위치에서의 탈주자다.

10 "자연은 어떠한 것도 인공적(人工的)인 것보다 못하지 않다." 왜
냐하면 인공적인 것은 모두가 여러 가지 자연의 모방이기 때문이
다. 그렇다면 가장 완전하고 제일 포용적(包容的)인 자연이 인공적
인 것보다 못할 리가 없다.

  그런데 모든 기술은 우월한 자를 위해 저급한 사물을 만드는
것이다. 우주의 본성도 마찬가지다. 거기에 정의의 기원이 있으며
다른 덕은 모두 정의에서 비롯된다. 왜냐하면 만일 우리가 아무
래도 무방할 일을 중요시하거나 기만당하기 쉽고 경솔하며 변하
기 쉽다면, 정의는 유지되지 않을 것이기 때문이다.

11 사물 쪽에서 당신에게 다가오지 않아도 당신은 이것을 추구하
거나 회피하면서 마음이 산란하다. 그러나 어느 의미에서는 당신
쪽에서 사물을 향해 다가가고 있는 것이다. 그러므로 사물에 관
한 당신의 판단을 삼가야 한다. 그러면 사물 쪽에서도 조용히 머
물러 있을 것이다. 또한 당신이 추구하거나 회피하는 모습도 남
의 눈에 띄지 않을 것이다.

12 영혼이 어떤 대상에 대하여도 밖으로 신장(伸長)하거나 안으로
위축되지 않고, 흩어지거나 가라앉지도 않으면서 빛을 통해 진리
—만물의 진리와 자기 안의 진리—를 보고 밝힐 때, 그 영혼의
모습은 변치 않는 원형(圓形)을 유지한다.

13 어떤 사람이 나를 경멸한다고 하더라도 그것은 내가 상관할 일
이 아니다. 나는 경멸을 받을 만한 언동을 남에게 보이지 않도록
조심할 일이다. 또 어떤 사람이 나를 미워한다고 하더라도 그것
도 내가 상관할 일이 못 된다. 나로서는 모든 사람들을 친절하고

너그러운 태도로 대하고 나를 미워하는 사람에게는 그의 잘못을
일깨워주면 된다. 그럴 때에는 상대방을 비난하거나 나의 참을성
을 뽐내는 태도를 보여서는 안 된다. 다만 솔직하고 친절하게 저
포키온과 같은 태도—만일 그가 그렇게 가장한 것이 아니라면—
를 취해야 한다.

실로 인간의 마음가짐은 이상(以上)과 같아야 한다. 그리하여 어
떤 일을 당하여도 화를 내지 않고, 불평을 하지 않는 자로서 신
들의 눈에 비쳐야 한다. 만일 당신이 자기의 본성에 합당한 일을
하고, 우주의 본성에 따라 현재 일어나고 있는 일에 만족한다면,
어떻게 나쁜 일이 당신에게 일어날 수 있겠는가? 당신은 어떤 방
법으로든 공익을 위해 열성을 기울이는 인간이 되라.

14 그들은 서로 상대방을 경멸하면서도 아부를 하고, 서로 상대방
을 이기려고 하면서도 허리를 굽히고 양보한다.

15 "나는 당신을 솔직하게 대하기로 했소" 하고 말하는 사람은
얼마나 고약하고 비천한 자인가! 인간이여, 그대는 대체 무엇을
하고 있는가? 그런 말은 입 밖에 낼 것이 못 되지 않은가? 그것
은 자연히 밝혀질 것이다. 그것은 당신의 이마 위에 쓰여 있을
것이다. 마치 애인은 애인의 눈에서 모든 것을 간파하듯이, 자기
의 마음가짐을 바로 눈에 나타내는 것이 인간의 특성이다.

즉 성실하고 선량한 인간은 강한 향기를 풍기는 사람과 같아
서 그의 곁에 가까이 다가가는 사람은 누구나 싫든 좋든 그 냄
새를 맡게 마련이다. 가장(假裝)된 성실은 가슴에 품은 단도와 같
다. 늑대의 우정처럼 혐오스러운 것은 없다. 무엇보다도 이것을
회피하라. 선량한 사람, 성실한 사람, 친절한 사람은 자신의 특징

이 눈에 나타나며 남들이 알아차리게 마련이다.

16 영혼 속에는 고귀하게 인생을 사는 데 필요한 힘이 갖춰져 있다. 그것은 다만 선과 악에 관계 없는 사물에 대해 무관심할 것을 전제조건으로 하고 있다. 여기에 무관심하려면 모든 사물을 하나하나 그 구성요소로 분석해보거나 종합하여 그 성질을 간파하고, 그것들은 하나도 자기에 관한 의견을 우리의 마음속에 형성하지 못한다는 것을 기억하면 된다.

이 사물들은 잠자코 머물러 있으며 이에 관한 판단을 내려 우리 머리 속에 새기는 것은 우리 자신이다. 또한 머리 속에 새기지 않는 것도 우리의 자유며, 만일 우연히 그런 판단이 우리 마음 속에 부지불식간에 스며들었다고 하더라도 이것을 지워버리는 것도 또한 우리의 자유다.

그리고 다시 기억해야 하는 것은 이런 일에 주의를 기울이는 것도 잠시 동안이며, 인생은 마침내 종말을 고한다는 것이다. 대체 사물이 마땅치 않다고 해서 불평하다니 말이 되는가? 만일 이러한 사물이 자연에 합당하다면 그것을 기꺼이 받아들여라. 그러면 마음이 편할 것이다.

그러나 만일 그 사물이 자연에 어긋나거든 당신의 본성에 합당한 것을 추구하고, 설령 그것이 평판이 좋지 못한 일이라 하더라도 힘을 기울여라. 만인에게는 자기의 선을 추구하는 것이 허용되어 있기 때문이다.

17 만물은 어디서 생기고 무엇으로 구성되어 있으며 무엇으로 변화하고, 변화한 다음에는 어떻게 되는가를 생각해보라. 또한 그 변화는 우리에게 아무 해독도 주지 않는다는 것도 명심하라.

18 첫째로, 나는 사람들과 어떤 관계를 맺고 있는가? 우리는 서로 돕기 위해 태어났다. 또한 다른 관점에서 보면 양 떼는 수놈이 감독하고 소 떼는 황소가 감독하듯이, 나는 그들을 감독해야 한다. 먼저 다음과 같은 원리에서 출발하라. 만일 만물이 단지 원자에 불과한 것이 아니라면, 만물에 질서를 부여하는 것은 자연이다. 그렇다면 약자는 강자를 위해 존재하고, 강자끼리는 서로 돕게 되어 있다는 것이다.

둘째로, 그들은 식탁이나 침상이나 그 밖의 장소에서 어떻게 행동하는가를 생각해보라. 특히 그들의 의견은 어떤 강요에 의해 형성되었는가를 생각해보라. 그리고 그들의 행동에 대해서는 어떤 자만심 때문에 그렇게 행동하는가를 생각해 보라.

셋째로, 만일 그들이 하는 일이 옳다면 우리는 화를 내서는 안 된다. 만일 옳지 않다면 분명히 그들은 억지로 또는 무지 때문에 그런 행동을 한 것이다. 왜냐하면 영혼은 억지로 진리를 빼앗기는 것처럼, 각자가 그 나름의 가치에 따라 행동하는 능력도 억지로 빼앗기 때문이다. 따라서 사람들은 부정하다든지 감사할 줄 모른다든지 욕심이 많다든지 한마디로 말해서 이웃에 대해 잘못을 저지르는 자라는 말을 들으면 괴로워한다.

넷째로, 당신 자신도 많은 잘못을 저지르며 이 점에서는 타인과 다를 것이 없다. 또 설령당신이 어떤 잘못을 저지르는 것을 억제했다고 하더라도, 잘못을 저지를 가능성은 있다. 비록 당신이 비겁하거나 허영된 생각, 혹은 그와 비슷한 비천한 생각 때문에 같은 잘못을 저지르지 않았다고 하더라도 마찬가지다.

다섯째로, 비록 그가 잘못을 저질렀다고 하더라도 당신은 그 잘못을 확인한 것은 아니다. 왜냐하면 대체로 무슨 일이든지 어떤 환경과 관련되어 비롯되기 때문이다. 요컨대 우리는 많은 것을 분명히 알지 못하고서는 다른 사람의 행동에 대해 정확한 판단을 내릴 수 없다.

여섯째로, 몹시 화가 나거나 비통할 때에는 인간의 일생은 짧으며 우리는 모두 곧 무덤에 누워 있게 된다는 것을 상기하라.

일곱째로, 우리를 괴롭히는 것은 그들의 행동이 아니라—왜냐하면 이러한 행동은 그들의 지배적 원리에 근거를 두고 있기 때문이다—이에 대한 우리의 의견이다. 그것을 제거하라. 그리고 그 행동을 나쁘게 생각한 당신의 판단을 버려라. 그러면 당신의 분노는 사라질 것이다. 그렇다면 어떻게 해야 그런 의견이나 판단을 버릴 수 있는가? 다른 사람의 행동으로 말미암아 당신이 부끄러워할 필요는 없다고 생각하면 된다. 수치가 악이 아니었더라면 당신도 많은 잘못을 저질렀을 것이며, 따라서 강도도 되고 그 밖의 것도 되었을 테니까.

여덟째로, 우리가 화를 내거나 비통해할 만한 행동 자체보다도 이러한 행동에 대한 우리의 분노나 비통 쪽이 많은 고통을 준다는 것을 잊지 말라.

아홉째로, 친절한 그것이 진지하고 거짓 미소나 연기(演技)가 아닐 경우에는 가장 큰 힘을 발휘한다는 것을 잊지 말라. 왜냐하면 아무리 고약한 사람이라도 당신이 그에게 언제나 친절을 베풀고, 기회 있을 적마다 따뜻하게 충고해주고, 그가 당신을 해치려고 할 때 당신이 조용히 타일러 그의 마음을 바꾸게 한다면 그가 당신에게 해를 끼치지 못할 테니까.

"여보시오, 그래서는 안 됩니다. 우리는 그런 짓을 하기 위해 세상에 태어난 것이 아니오. 당신이 나에게 무슨 짓을 하더라도 나는 그 때문에 조금도 해를 입지 않아요. 당신은 스스로 자기를 해치고 있는 거요."

그리고 부드럽고 재치 있게 일반적인 관점에서 앞에서 한 말이 사실이며, 꿀벌이나 그 밖에 집단생활을 하는 본성을 가진 동물도 그런 짓은 하지 않는다는 것을 깨닫게 하라. 그러나 결코 빈정대거나 나무라지 말고 아무 원한도 품지 않은 정다운 태도로 타일러야 한다. 또한 학교 선생과 같이 훈계하거나 동석한 사람들의 칭찬을 의식하는 태도를 취하지 말아야 하며, 주위에 다른 사람이 있을 때에는 그가 혼자 있는 틈을 타서 타일러야 한다.

이상의 아홉 항목을 뮤즈가 보낸 선물로 받아들이고 언제나 잊지 말라. 그리고 당신은 살아 있는 동안에 참된 인간이 되라. 남에게 화를 내는 것을 경계해야 하는 것처럼, 남에게 아첨하는 것도 경계해야 한다. 이것은 모두가 비사회적(非社會的)인 태도로써 마침내는 해독을 가져오기 때문이다. 화가 치밀었을 때도 곧 다음과 같이 생각하는 것이 좋다. 즉 화를 내는 것은 남자답지 못한 일이다. 온유하고 관대한 태도가 더욱 인간답고 남자답다. 이런 사람은 힘과 강인성과 용기를 갖고 있으나, 화를 내거나 불평을 하는 사람은 그렇지 못하다. 왜냐하면 인간은 정념(情念)에서 해방될수록 강한 힘을 갖게 되기 때문이다. 슬픔이 연약한 데서 비롯되는 것과 마찬가지로 분노도 그러하다. 슬픔과 분노를 느끼는 것은 상처를 입는 일이요, 고통에 굴복하는 일이다.

그리고 만일 당신이 원한다면, 뮤즈의 지도자 아폴로 신으로부터 열 번째의 선물을 받을 수 있다. 그것은 나쁜 사람들이 죄를 짓지 않기를 기대한다는 것은 어리석은 짓이라는 것이다. 왜냐하면 그것은 불가능한 일을 바라는 것이 되기 때문이다. 그러나 나쁜 사람이 남에게 잘못을 저지르는 것을 방관하면서 그들이 당신에게는 잘못을 저지르지 않기를 바란다면 그것은 비합리적이고 폭군적인 태도다.

19 특히 경계를 게을리 해서는 안 되는 탁월한 능력(이성)의 네 가지 일탈현상(逸脫現象)이 있다. 이것을 발견했을 때에는 이를 제거하고 그때마다 이렇게 말하라.

"이 생각은 필요치 않다. 이 생각은 인간의 사호 활동을 파괴한다. 이 생각은 올바른 사상에서 나온 것이 아니다." 그런데 인간이 자기의 진정한 사상을 말하지 않는 것은 가장 불합리한 일이다. 제4의 일탈 현상은 당신이 자기 자신을 책해야 하는 것으로, 당신의 마음속 가장 신성한 부분(이성)이 가장 비천하고 사멸해야 되는 부분, 곧 육체와 그 야비한 쾌락에 압도되어 예속되었을 경우다.

20 당신을 구성하고 있는 것 중에서 공기나 불의 원소는 본질상 상승하려는 성질을 갖고 있지만, 그럼에도 불구하고 우주의 경륜에 따라 당신이라는 구성물(構成物) 속에서 지상에 매어 있다. 또 당신의 체내에 있는 흙의 원소나 물의 원소는 모두 아래로 떨어지는 성질을 갖고 있지만, 그럼에도 불구하고 위로 올라가서 자연에 어긋나는 입장에 서 있다. 이와 같이 원소는 '전체'에 예속되고 어떤 장소에 배치되면 분해의 신호가 울릴 때까지 그곳에 강제로 머물러 있다.

그렇다면 당신의 지성적(知性的)인 부분만이 반항하고 자신의 위치에 대해 불만을 표시한다는 것은 우스운 일이 아닌가? 그러나 당신의 지성적인 부분에는 어떠한 강제도 가해지지 않고 당신의 지성의 본성에 맞는 일만 일어나고 있다. 그런데도 참으려 하지 않고 반대 방향으로 나간다. 부정, 무절제, 분노, 비통, 공포 등을 느끼는 것은 자연으로부터 이탈한 자의 행동이기 때문이다. 이와 마찬가지로 지배적 능력이 어떤 일에 대하여 불만을 표시하는 것은 자기 위치에서 이탈하는 것이 된다. 왜냐하면 지도적 능력은 단지 정의뿐만 아니라 신을 공경해야 하기 때문이다.

후자는 사물의 본성에 포함되어 있으며 정의의 실천보다 먼저 존재하였다.

21 언제나 동일한 생의 목적을 소유하지 못하는 사람은 일생을 통하여 한 사람의 같은 인간일 수 없다. 그렇다면 그 목적이 무엇이어야 하는가에 대해 보충 설명을 하지 못한다면, 앞에서 한 말만으로는 불충분하다. 대중이 선이라고 생각하는 것에 대해서는 반드시 의견이 일치한다고 볼 수 없으나 그 중에서 어떤 것, 즉 공익(公益)에 관한 문제에 대해서는 의견이 일치된다. 그러므로 우리도 공통되는 사회 복지를 목적으로 삼아야 한다. 이러한 목적에 자기의 모든 노력을 기울이는 사람은 모든 행동이 한결같으며, 따라서 그는 언제나 동일한 인간으로 존재할 것이다.

22 시골 쥐와 도시 쥐에 대하여, 그리고 도시 쥐의 공포심과 경계심에 대하여 생각해보라.

23 소크라테스는 대중의 의견을 '라미아'라고 불렀는데, 이것은 사람의 고기를 먹는다는 가공의 괴물로 어린애들이 무서워하는 도깨비다.

24 라케다이몬(스파르타인) 사람들은 공식 행사 때 외국 손님의 자리를 나무 그늘에 마련하고, 그들은 아무 데나 앉았다.

25 소크라테스는 페르디카스의 초대를 받고 가지 않는 이유를 다

음과 같이 말했다. "나는 가장 비참한 죽음을 당하고 싶지 않다." 다시 말하면 그는 은혜를 받고 보답하지 못할 바에는 처음부터 이를 거절하겠다는 것이다.

26 에피쿠로스학파 사람들의 저술에는 유덕한 생애를 보낸 선인 (先人)들 중의 한 사람을 항상 생각하라는 교훈이 실려 있었다.

27 피타고라스학파에는 아침마다 하늘을 바라보라는 규칙이 있었다. 영원히 동일한 법칙에 따라 동일한 법칙에 따라 동일한 방법으로 자기의 소임을 다하는 천체를 보고, 그들의 질서와 순결성과 적나라한 모습을 상기하기 위해서였다. 별은 가리는 것이 없기 때문이다.

28 크산티페가 소크라테스의 옷을 가지고 밖으로 나가버렸을 때, 양가죽을 걸친 소크라테스의 모습을 상상해 보라. 그리고 친구들이 그의 옷차림을 보고 부끄러워 달아났을 때 그가 그들에게 한 말을 상상해보라.

29 쓰기와 읽기에 대해서는 당신 자신이 배워서 익숙해지기 전에는 남을 가르칠 수 없다. 인생에 대하여 이 말은 훨씬 더 타당하다.

30 "당신은 노예로 태어났다. 이유를 대는 것은 당신에게 허용되지 않는다." 이것은 어느 비극시인의 말이다.

31 "내 마음은 웃고 있었다." 이것은 호머의 말이다.

32 "그들은 가혹한 말로 덕을 비난할 것이다." 이것은 헤시오도스의 말이다.

33 "겨울에 무화과(無花果)를 찾는 사람은 미친 자다. 아이를 낳지 못할 나이가 되었는데, 아이를 바라는 사람도 역시 미친 자다."

34 에픽테토스가 말했다. "어린애와 입을 맞출 때, 당신은 마음속으로 '어쩌면 너는 내일 죽어버릴지 모른다'라고 중얼거려야 한다." 이것은 불길한 말이 아닌가! "아니 조금도 불길한 말이 아니다." 하고 그는 말을 이었다. "그것은 자연의 작용을 의미하는 데 불과하다. 만일 이런 말이 불길하다면 벼 이삭이 익었다는 말도 불길한 말이 아닌가."

35 덜 익은 포도, 잘 익은 포도, 건포도. 이 모든 것은 변화다. 그러나 무(無)로 변하는 것이 아니라 지금까지 없던 새로운 것으로 변하는 것이다.

36 "자유 의지를 훔치는 사람은 없다." 이것은 에픽테토스의 말이다.

37 에픽테토스는 말하였다. "우리는 동의하는 기술(또는 원칙)을 발견해야 한다. 그리고 우리의 욕구는 적당히 제약을 받아 공익(公益)에 유용하고, 대상이 갖는 가치에 부합하도록 유의해야 한다. 또한 정욕의 충족을 삼가야 하고, 우리가 자유롭게 할 수 없는 일에 대하여는 일체 이것을 피하려고 하지 말라."

38 에픽테토스는 말하였다. "이 논쟁은 일상적인 평범한 문제에 대

한 것이 아니라 미쳤느냐, 그렇지 않느냐 하는 데 대한 것이다."

39 소크라테스는 늘 이런 대화를 하였다.

"당신은 어느 쪽을 원하는가, 이성적인 인간의 영혼을 갖는 것인가, 아니면 이성이 없는 동물의 영혼을 갖는 것인가?"

"이성적인 인간의 영혼을 갖는 것입니다."

"그렇다면 어떤 이성적인 인간의 영혼인가? 건전한 이성적 인간의 영혼인가, 아니면 불건전한 이성적 인간의 영혼인가?"

"건전한 이성적 인간의 영혼입니다."

"그렇다면 어찌하여 그것을 추구하지 않는가?"

"우리는 이미 그것을 소유하고 있으니까요."

"그런데 어째서 당신은 싸우고 말다툼을 하는가?"

12

도덕적 삶에 대하여

1   당신이 도달하려고 하는 목적은 우여곡절을 겪는다 하더라도 당신 스스로 이를 거부하지만 않는다면, 도달할 수 있다. 그러기 위해서는 다만 모든 과거를 버리고, 미래를 섭리에 맡겨둔 채 경건하고 정의롭게 오직 현재에 충실하라. 당신에게 주어진 운명―자연은 당신을 위해 운명을 정하고, 그 운명을 위해 당신을 탄생시켰다―에 만족하기 위해서는 경건해야 하고 당신이 자유롭게, 숨김없이 진리를 말하고 법칙에 따라 자기의 보람 있는 일을 하기 위해서는 정의로워야 한다. 다른 사람의 사악(邪惡), 어떤 의견이나 평판, 그리고 당신을 에워싸고 있는 보잘것없는 육체의 감각에 매이지 말라. 그것은 그 감각을 느끼는 기관이 관여할 일이다.

그리하여 당신은 언제 세상을 떠나든 다만 당신의 지배적 이성과 당신 안에 깃들어 있는 신성(神性)만을 존중하고 그 밖의 일은 모두 무시한다면, 또한 언젠가는 죽어야 하기 때문이 아니라 아직도 본성에 따라 사는 생활을 시작하지 못했기 때문에 두려워한다면, 당신은 자기를 탄생시킨 우주에 알맞은 인간이 될 것이다. 그리고 조국에 대해서는 이방인이 되지 않을 것이며, 하루하루 일어나는 일에 대해서는 마치 예상치 못했던 것처럼 놀라서 이 사람 저 사람에게 의지하지 않아도 될 것이다.

2   신은 만인의 정신(지배적 이성)을 그 물질적인 외양이나 외피 또는 불순물을 제거한 적나라한 상태에서 본다. 왜냐하면 신은 다만 그 예지에 의해서만 자기 자신으로부터 흘러나와 인간의 육신에 흘러들어간 이성과 접촉하기 때문이다. 만일 당신도 신처럼 육신을 무시한다면 수많은 번뇌에서 벗어날 수 있을 것이다. 자기를 에워싸고 있는 보잘것없는 육신을 무시하는 사람은 옷, 집,

명성, 그 밖의 외부적인 사치 때문에 번민하는 일은 없을 것이 분명하기 때문이다.

3 당신은 육체, 입김(생명), 이성의 세 가지로 되어 있다. 그 중에서 처음 두 가지는 당신이 돌봐줘야 한다는 의미에서 당신의 것이다. 그러나 참 의미에서는 오직 세 번째 것만이 당신의 소유물이다.

그러므로 당신 자신으로부터, 다시 말해서 당신의 이성으로부터 다른 사람의 언행과 당신의 과거의 언행, 미래의 일로서 당신의 마음을 어지럽게 하는 것들, 당신을 둘러싸고 있는 육체 및 육체와 결부되어 있는 입김(생명)에서 생겨나서 당신의 의사와는 상관없이 당신에게 부속되어 있는 것들, 소용돌이치면서 맴도는 외부의 혼란 등을 모조리 제거해버린 결과 당신의 지성이 운명에서 해방되어 깨끗해지고, 무엇에 의하여도 속박되지 않고 스스로 올바른 일을 행하고, 당신에게 일어나는 일들을 받아들이고 진리를 말할 수 있게 된다면, 다시 말해서 당신의 지배적 능력으로부터 육정에서 비롯되는 부가물이나 미래의 과거에 속한 것을 추방하고 엠페도클레스가 말하는 '완전한 구형의 그 가없는 모습을 즐기는' 것처럼 자기를 형성하고, 당신이 살아 있을 때 즉 현재에 충실하는 수련을 쌓는다면, 남은 생애를 마음의 동요 없이 고귀하게 당신 자신의 다이몬에게 순종하며 살게 될 것이다.

4 인간은 저마다 자기 자신을 다른 누구보다도 사랑하고 있으면서, 자기에 관한 평가에 있어서 자신의 의견을 남의 의견보다 존중하지 않는 것은 무엇 때문일까 하고 나는 때때로 이상하게 생각한다. 만일 신이나 현명한 스승이 어떤 사람에게 나타나 생각

하자마자 말로 떳떳이 나타낼 수 없는 것은 머릿속에 떠올리지 말라고 명령한다면, 그는 단 하루도 견디지 못할 것이다. 그런데도 남이 나를 어떻게 생각하는가 하는 것을 내가 자기를 어떻게 생각하는가 하는 것보다 더 존중한단 말인가.

5 지혜와 인간에 대한 사랑으로 모든 일을 정한 신들이 어떻게 다음의 한 가지 일을 간과할 수 있었겠는가! 그것은 어떤 사람들, 특히 매우 착한 사람들, 이를테면 신과 가장 깊이 사귀고 경건한 행동과 종교적 의식을 통해 신을 가장 잘 섬기는 사람들이 일단 죽으면 다시 존재하지 못하고 소멸되어 버린다는 것이다. 그러나 만일 이것이 사실이라면, 우리가 확신해야 할 일은 신은 다른 방도가 있었다면 그 방도를 택했을 것이 틀림없다는 사실이다. 만일 그것이 올바른 일이었다면 가능한 일이기도 했을 것이다. 그리고 만일 그것이 자연에 합당한 일이라면 자연은 이 일을 성취시켰을 것이다. 그러나 올바른 일도 아니고 자연에 합당한 일도 아니었기 때문에 사실은 그와 같이 되지 않았다면 당신은 가장 착한 사람들도 완전히 소멸해버리는 것은 어찌할 수 없는 일이라고 확신하라.

당신은 지금 이 문제로 신과 담판하고 있기 때문에 하는 말이다. 만일 신들이 가장 탁월하고 가장 올바르지 않다면 신과 담판할 필요도 없을 것이다. 그러나 신이 가장 탁월하고 가장 올바르다면, 신들은 우주의 경륜 속에 정의에 어긋나거나 불합리한 일은 허용하지 않았을 것이다.

6 자기로서는 도저히 감당할 수 없다고 생각되는 일이라도 연습을 게을리하지 말라. 연습 부족으로 다른 일을 감당치 못하는 왼

손도 말고 뼈만은 오른손보다 더 힘차게 붙잡는다. 왼손은 이 일만은 늘 연습해왔기 때문이다.

7 죽음이 닥쳐왔을 때 육체와 영혼은 어떤 상태에 놓이게 될 것인가를 생각해보라. 짧은 인생, 과거와 미래로 뻗은 시간의 심연, 모든 물질의 취약함을 생각하라.

8 겉껍데기를 벗겨내고 적나라한 사물의 형상인을 바라보라. 그리고 모든 행동의 목적이 무엇인가를 검토해보라. 고통이란 무엇이며 쾌락, 죽음, 명예란 무엇인가? 인간은 누구 때문에 불안해하는가? 아무도 남의 속박을 받을 수 없고 모든 것이 주관에 불과하다는 것을 생각하라.

9 우리는 신념을 실천에 옮길 때, 검객이 아니라 역사처럼 행동해야 한다. 왜냐하면 전자는 그가 사용하는 것을 떨어뜨리게 되면 죽음을 당하게 되지만, 후자는 언제나 자기 손을 사용할 수 있으면 그만이기 때문이다.

10 사물 자체는 무엇인가? 그 소재, 원인, 목적으로 구분하여 생각해보라.

11 신이 칭찬할 일만 하고, 신이 부여하는 것은 모두 받아들인다.
—인간은 얼마나 엄청난 능력을 갖고 있는가!

12 자연에 따라서 일어나는 일에 대해 신들을 비난해서는 안 된다. 왜냐하면 신들은 의식적으로나 무의식적으로 잘못을 범하는

일은 없기 때문이다. 또한 인간을 비난해서도 안 된다. 왜냐하면 인간은 무의식적이 아니면 잘못을 범하지 않기 때문이다. 따라서 아무도 비난해서는 안 된다.

13 인생에서 일어나는 일에 대해 깜짝 놀라는 자는 얼마나 우습고 이상한 사람인가!

14 이 우주에는 숙명적인 필연성과 움직일 수 없는 질서, 또는 자비로운 섭리가 있을 뿐이거나 아니면 목적도 없고 방향도 없는 혼란이 있을 뿐이다. 만일 숙명적인 필연성이 있을 뿐이라면 무엇 때문에 당신은 반항하는가? 만일 자비로운 섭리가 있을 뿐이라면 신의 도움을 받을만한 자가 되라. 그런데 만일 방향도 없는 혼돈이 있을 뿐이라면, 이런 폭풍우 속에서도 당신은 자기 안에 지배적 이성을 갖고 있다는 것을 기뻐하라. 그리고 폭풍우가 당신을 휩쓸어간다면, 당신의 보잘것없는 육체와 입김과 그 밖의 것을 휩쓸어가게 하라. 당신의 예지만은 결코 휩쓸려가지 않을 것이다.

15 등불은 꺼질 때까지 광체를 잃지 않고 빛난다. 그런데 당신 안에 있는 진리와 정의와 절제는 당신의 죽음보다 먼저 사라져버릴까?

16 어떤 사람이 잘못을 저지른 것을 생각할 때에는 "그런데 나는 그의 행동이 잘못이라는 것을 어떻게 아는가?" 하고 자문해보라. 만일 그가 잘못을 저질렀다면, 그는 스스로 자기를 책망했을 것이라고 생각하라. 그러면 그는 스스로 자기 얼굴을 할퀸 격이다.
　　나쁜 사람이 나쁜 짓을 하는 것을 용납하지 못하는 사람은 무화과나무에 시큼한 열매가 열리는 것과 어린애가 우는 것과 말이 울부짖는 것과 그 밖에 모든 필연적인 일을 용납하지 못하는 사람과 비슷하다. 나쁜 사람이 나쁜 짓을 하게 되는 것은 할 수 없는 일이 아닌가. 그러므로 만일 당신이 이런 일 때문에 화가 치민다면 그 태도를 고쳐라.

17 올바른 일이 아니면 말라. 진리가 아니면 말하지 말라. 그 결단은 어디까지나 당신에게 달려 있다.

18 언제나 사물의 전체를 통찰하라. 당신의 머릿속에 어떤 생각이나 인상을 주는 것은 무엇인가? 이것을 원인, 소재, 목적, 수명 등으로 구분하여 알아보라.

19 당신의 마음속에는 정욕을 일으켜 당신을 마음대로 조정하는 것보다 훨씬 뛰어나고 훨씬 신령한 것이 있다는 것을 자각해야 한다. 내 마음속에 지금 무엇이 있는가? 공포인가? 의혹인가? 욕망인가? 그 밖에 이와 비슷한 것인가?

20 첫째로, 무슨 일이든지 아무 목적 없이 닥치는 대로 해서는 안 된다. 둘째로, 공익 이외의 어떤 일도 행동의 목적으로 삼아서는 안 된다.

21 머지 않아서 당신은 아무것도 아닌 존재가 되고, 어디에도 존재하기 않게 될 것이라는 것을 생각해보라. 또한 현재 당신의 눈앞에 있는 사물도, 현재 살아서 움직이고 있는 사람들도 마찬가지다. 만물은 변화하고 변형되고 소멸되게 마련이다. 그 밖의 다

른 것이 뒤를 이어 태어나기 위해서다.

22 모든 것은 주관에 불과하다는 것을 잊지 말라. 그 주관은 당신의 힘으로 자유롭게 바꿀 수 있다. 따라서 당신이 원한다면 뜻대로 주관을 취소하라. 그러면 당신은 곶을 돌아선 매처럼 온화하고 고요하고 파도가 없는 항구를 볼 수 있을 것이다.

23 어떤 행동이든 적절할 때 그만두면 그 때문에 해를 입는 일은 없다. 또한 이 행동을 한 사람도 그 행동을 그만두었다고 해서 해를 입지 않는다. 마찬가지로 모든 행동의 총계인 이 인생은 적당한 시기에 끝내면 그 때문에 해를 입지 않는다. 그리고 일련의 행동을 적시에 그만둔 사람도 해를 입지 않는다. 그 시기와 기한은 자연이 정한다. 그것은 때로는 어느 개인의 내부의 자연이다. 예컨대 노령의 경우처럼. 그러나 일반적으로는 우주의 자연이며, 그 자연의 각 부분이 변화됨으로써 우주는 언제나 젊고 싱싱하게 유지된다.

그런데 우주의 자연에 유익한 것은 언제나 아름답고 또 언제나 시기가 적절하다. 그러므로 인생의 종말도 각 개인에게 나쁜 일이 아닐 뿐만 아니라—왜냐하면 그것은 우리의 자유의사의 테두리 밖의 일이며, 또한 공익을 위해서도 해가 되지 않는 이상 그 장본인에게 수치스러운 일이 아니기 때문이다—바람직한 일이기도 하다. 왜냐하면 그것은 우주 전체에 시의 적절한 일이고 유익한 일이며, 우주 전체의 움직임에 적응하기 위한 일이기 때문이다. 이와 같이 신과 같은 길을 가고 충심으로 신과 동일한 목표를 지향하는 사람은 신에 의해 움직여지는 사람이라고 하겠다.

24 다음의 세 가지 지침을 언제나 명심하라.

첫째로, 당신은 경솔하거나 정의에 어긋나는 행동을 하지 말라. 그리고 밖에서 일어나는 일에 대하여는 그것이 우연에 의한 것이 아니면 섭리에 의한 것임을 염두에 두고 우연을 탓하거나 섭리를 비난해서는 안 된다.

둘째로, 인간은 누구나 수태(受胎)되었을 때부터 영혼을 받을 때까지 어떤 상태에 있으며, 인간은 어떤 요소로 구성되고 어떤 것으로 분해되는가를 생각해봐야 한다.

셋째로, 만일 당신이 갑자기 하늘 위로 올라가서 인간사(人間事)를 굽어보고 얼마나 다종다양(多種多樣)한가를 깨닫는다면, 동시에 공중과 에테르 층에 살고 있는 존재가 얼마나 많은가를 한 눈으로 볼 수 있다면, 인류에 대한 경멸감을 금할 수 없을 것이다. 그리고 당신은 공중에 올라갈 때마다 동일한 사물, 동일한 형태를 보고 또 이것들이 얼마나 덧없는가를 알게 될 것이다. 이런 것들을 자랑스럽게 여길 수 있을까?

25 주관을 내동댕이쳐라. 그러면 당신은 구제될 것이다. 그것을 내동댕이치는 것을 누가 방해할 수 있겠는가?

26 당신이 어떤 일에 불만을 느낀다면 다음과 같은 점을 잊어버리고 있는 것이다. 즉 모든 일은 우주의 본성에 따라 일어나며 남의 잘못은 당신과 관계가 없다는 것을 잊어버리고 있다. 또한 이 세상에 일어난 일은 이와 같이 일어났으며, 앞으로도 그럴 것이고 지금도 곳곳에서 이와 같이 일어나고 있다는 것을 잊어버리고 있다. 그리고 개인과 전 인류의 관계가 얼마나 밀접한가를 잊어버리고 있다. 인류는 보잘것없는 피나 씨앗의 공동체가 아니라

이성의 공동체이기 때문이다. 또한 당신은 인간의 이성이 바로 신이며, 신으로부터 비롯되었다는 것을 잊고 있다. 또한 당신 자신의 소유물은 하나도 없고 당신의 자녀도 당신의 육신도 당신의 영혼까지도 신으로부터 비롯되었다는 것을 잊고 있다. 끝으로 모든 것은 주관에 달려 있으며, 각자가 사는 것은 현재고 잃는 것도 현재라는 것도 잊고 있다.

27 당신은 세상에 일어나는 일에 대해 몹시 화를 낸 사람이다. 찬란한 명성, 재난, 또는 적의나 그 밖에 얄궂은 운명 때문에 가장 돋보였던 사람들을 언제나 상기하라. 그러고 나서 '그 모든 사람들은 지금 어디 있는가?'를 생각해보라. 연기요, 재요, 혹은 옛이야기거리도 남기지 않은 것이다. 또한 이와 유사한 경우를 모두 상기해보라. 예컨대 파비우스, 카툴리누스는 전원에서 어떻게 살았으며, 루키우스, 루푸스는 그 정원에서 어떻게 살고 바아아이의 스테르티니우스, 카프레아의 티베리우스, 그리고 웰리우스 루후스는 어떻게 살았는가—요컨대 자부심을 갖고 어떤 일에 열중한 사람들의 예다.

그들이 그렇게 탐을 내서 노력한 대상은 얼마나 보잘것없는 것이었는가? 그보다는 철학자로서 자기에게 주어진 여건의 범위 안에서 올바로 살고, 절제를 지키고, 신들에게 순종하는 편이 얼마나 보람있는 일인가? 자만심이 없다고 자랑하는 사람이야말로 누구보다도 참기 어렵다.

28 "당신이 그렇게 신들을 공경하는 것은 어디서 신들을 보았기 때문인가? 아니면 어떤 방법으로 그들의 존재를 확인하기라도 했단 말인가?"하고 묻는 사람들에게 두 가지를 대답하고자 한다.

첫째로, 신들은 눈으로도 볼 수 있다. 둘째로, 나는 내 영혼을 본 적이 없지만 이를 존중한다. 신들에 대해서도 마찬가지다. 나는 신들의 힘을 모두 분명히 인정하고 그 때문에 신들의 가치를 확신하고 신들을 두려워한다.

29 인생의 구원은 모든 사물을 철저히 통찰하고 그것이 무엇인가, 그 소재는 무엇인가, 그리고 그 원인은 무엇인가를 검토하는 데서 비롯된다. 온갖 정성을 기울여 바르게 행하고 진실을 말하는 데서 비롯된다. 이 밖에 남아 있는 일은, 좋은 일을 다른 좋은 일과 연결시켜서 그 사이에 조그마한 틈도 생기지 않도록 인생을 즐기는 일이다.

30 비록 그것이 벽이나 산이나 그 밖에 수많은 것에 의해 분할되더라도 햇빛은 하나다. 비록 그것이 아무리 수많은 물체로 분리되어 있더라도 실체는 하나다. 비록 그것이 무수한 자연과 각 개체의 고유한 제약 아래 분배되더라도 생명의 입김은 하나다. 비록 그것이 갈라져 있는 듯이 보이더라도 예지가 깃든 영혼은 하나다.

위에서 말한 것 중에서 정신 이외의 부분, 예컨대 입김이나 실제 같은 것은 감각도 없고 상호간의 연결도 없지만 그럼에도 불구하고 이성적 원리는 이러한 것들까지도 결합시키고, 같은 목적을 향해 끌어당긴다. 그러나 정신은 독특한 방법으로 동류에게 끌리고 결합되며 일체감이 끊기지 않는다.

31 당신이 원하는 것은 무엇인가? 계속해서 살고 싶은가? 그렇다면 그것은 감각을 줄곧 유지하려는 것인가? 욕구도? 성장도? 혹

은 더 이상 성장하고 싶지 않은가? 언어의 기능을 보존하고 싶은가? 사고 능력을 보존하고 싶은가? 위에 열거한 것 중에서 무엇이 바람직하다고 생각되는가? 만일 모두가 보잘것없는 것이라면 결국은 이성과 신에게 복종하라. 그러나 위에 열거한 것을 소중히 여겨 이것이 죽음에 의해 빼앗기게 될까 걱정한다면, 그것은 이성과 신을 존중하는 태도와는 모순된다.

32 무한이라는 시간과 비교해보면 각자에게 할당되는 시간은 순식간에 영원의 심연 속에 묻혀버리는 것이다. 또한 물질 전체의 얼마나 작은 부분이 우리에게 할당되고 생명 전체의 얼마나 작은 부분이 우리에게 할당되는가? 또한 전체 지면의 얼마나 작은 흙덩어리 위를 당신은 기어다니고 있는가? 이것을 상기하면서 당신 속의 본성이 인도하는 대로 행동하고 우주의 본성이 부여하는 것을 참고 견디어라.

33 당신의 지배적 이성은 당신을 어떻게 인도하고 있는가에 만사가 달려 있다. 그 밖의 일은 당신의 자유의사 밑에 있든 없든 죽음과 연기에 지나지 않는다.

34 죽음을 경멸하는 데 가장 유효한 것은 쾌락을 선으로 보고 고통을 악으로 본 사람들까지도 죽음을 경멸했다는 사실이다.

35 적시에 일어난 일만을 선이라고 생각하고 올바른 이성에 따르기만 하면 성취한 일이 많든 적든 결국은 마찬가지라고 생각하며, 세계를 바라보는 시간이 길어도 그만, 짧아도 그만이라고 생각하는 사람에게는 죽음이 두려운 것이 아니다.

36 인간이여, 당신은 이 큰 국가의 한 시민으로 살아왔다. 그렇다면 그 기간이 5년 동안이든 100년 동안이든 당신에게 무슨 차이가 있겠는가? 우주의 원칙에 맞는 일은 만인에게 평등한 것이기 때문이다. 그렇다면 당신을 이 국가에서 몰아내는 자가 폭군이나 부정한 재판관이 아니라 당신을 이곳에 데려온 자연이라면 두려워할 것이 무엇인가? 그것은 마치 집정관이 배우를 채용했다가 무대에서 떠나게 하는 것과 비슷하다.

"그렇지만 나는 5막밖에 연출하지 못했어요. 겨우 3막만 연출했어요."—좋다. 그러나 인생에서는 3막까지 만으로도 하나의 완성된 연극이다. 왜냐하면 언제 연극을 끝낼 것인가를 결정하는 자는 일찍이 이 연극을 구성했다가 지금은 중단시키는 자이기 때문이다. 그러므로 당신은 연극의 구성이나 원료에 대해 책임이 없다. 따라서 흡족한 마음으로 떠나가라. 당신을 해고시킨 자도 흡족할 것이다.

황제의 명상록

1판 1쇄 인쇄 | 2020년 6월 20일
1판 2쇄 발행 | 2020년 6월 25일

지은이 | 마르쿠스 아우렐리우스
엮은이 | 강영희
펴낸이 | 윤옥임
펴낸곳 | 브라운힐
서울시 마포구 신수동 219번지
대표전화 (02)713-6523, **팩스** (02)3272-9702
등록 제 10-2428호

© 2020 by Brown Hill Publishing Co. 2020, Printed in Korea

ISBN 979-11-5825-083-6 03890
값 14,000원

남의 모든 행동에 다음과 같이 자문(自問)하는 습관을 가져라
"이 사람은 무슨 목적으로 이런 행동을 할까?" 하고
그러나 우선 당신 자신의 행동부터 살피고 당신 자신을 돌아보라